미래를 여는 희망 메시지

화이팅 2030

미래를 여는 희망 메시지

화이팅 2030

지 은 이 · 권진관
펴 낸 이 · 이충석
꾸 민 이 · 성상건
기 획 · 강석철
영업관리 · 손종오

펴 낸 날 · 2020년 6월 15일
펴 낸 곳 · 도서출판 나눔사
주 소 · (우) 03354 서울특별시 은평구 불광로 13가길 22-13(불광동)
전 화 · 02)359-3429 팩스 02)355-3429
등록번호 · 2-489호(1988년 2월 16일)
이 메 일 · nanumsa@hanmail.net

ISBN 978-89-7027-968-8-03810

값 12,000원
잘못된 책은 바꾸어 드립니다.

이 도서의 국립중앙도서관 출판예정도서목록(CIP)은 서지정보유통지원시스템 홈페이지
(http://seoji.nl.go.kr)와 국가자료종합목록 구축시스템(http://kolis-net.nl.go.kr)에서 이용하실 수 있습니다.
(CIP제어번호 : CIP2020021693)

미래를 여는 희망 메시지

화이팅 2030

권진관 지음

나눔사

| 추천사 |

2030 청년들이여 늘 고맙습니다

채 현 국
(양산 효암학원 명예이사장/건달 할배)

귀한 책을 내주셔서 고맙습니다.

젊은 세대에게 빚을 지고 사는 노인 세대의 한 사람으로서 이런 류의 책 출판을 환영하고 감사하게 생각합니다.

기력이 옛날 같지 않아 책의 내용을 찬찬히 다 읽지 못했습니다. 하지만, 군데군데 눈에 띈 대목에서 기성 세대의 오류를 지적하고, 젊은 세대에게 힘과 용기를 주고자 하는 저자의 마음쓰임이 읽혀졌습니다.

나 역시 현재의 젊은 세대에게 미안함과 동시에 기대감을 가지고 살고 있습니다.

오늘날 젊은 세대들이 힘겨운 것은 모두 노인 세대의 탓입니다.

그래서 나는 어느 언론과의 인터뷰에서 "젊은 세대는 노인 세대를 절대 봐주지 말아야 한다"고 말한 적 있습니다. 세상을 바꾸고 더 나은 사회를 만드는 것은 젊은 세대의 힘뿐입니다.

2030 청년들이여 늘 고맙습니다.

| 추천사 |

2030 청년들을 위하여

한 완 상

(사회학자, 3·1 운동 및 임시정부100주년위원회 위원장)

오늘 한국의 2030 세대는 부모 세대보다 형편이 더 나아질 것이라는 통념적 낙관론을 향유할 수 없는 최초의 슬픈 세대이다. 그들은 부모들의 고생 끝에 이룩한 산업화의 열매나 민주화의 열매도 따먹을 수 없는 딱한 곤경에 처해 있는 세대다. 미래에 모든 것을 걸고 종말론적 희망을 바랄 수 있는 세대도 아니다. 그들에게 희망을 주는 문제에 대해, 이제는 정치인, 경제인, 지식인, 그리고 정부가 힘을 합쳐 고민하고 성찰하고 해법을 내놓아야 한다.

큰 해법으로서 남북관계 개선을 통한 민족공동번영을 위해 남북정부 사이, 민간 사이의 공조가 이루어지면, 2030 세대에게 일할 기회가 터져 나오게 될 것이다. 그렇게 하려면 기존의 정치 패러다임을 획기적으로 바꿔야 한다. 친일 냉전세력이 지배해 온 지난 70년의 기득권 체제를 민주적으로 평화롭게 해체하는 일에 모든 힘을 모아야 한다.

많은 양심있는 담론자들이 오늘의 분단 체제를 극복하고, 계급 모순, 젠더 모순을 해결하고, 한반도 냉전체제를 해체하는 일에 앞장서야 한다. 이러한 일에 2030 청년들이 관심을 가져야 하는 것은 그것이 작금의 다수의 청년들이 경험하고 있는 어려움을 극복하는 지름길이기 때문이다. 이 책은 이러한 관점을 2030을 위하여 잘 설명해 주고 있다.

| 추천사 |

청년이 청년에게 보내는 편지

이 재 정
(전 성공회대 총장/현 경기도교육감)

권진관 교수는 언제나 "청년"이다. 나는 권교수가 청년일 때부터 만나 결국은 성공회대학교에서 함께 생활을 하면서 정년을 할때까지 지켜보면서 그에게서 언제나 "청년"의 열정을 볼 수 있었다. 그리고 이 책을 읽어보면서 권진관 교수는 그의 나이 2030대에 가졌던 열정, 꿈 그리고 감수성으로 오늘의 청년들에게 그의 "간절하고도 기대에 찬" 글을 전하고 있다.

이 책에서 한마디로 청년은 청년이어야 한다라고 주장하고 있다. 청년이 진정한 청년으로 살려면 끊임없이 역사에 대한 문제의식을 가지고 세상을 바라보며 비판적 관점을 가져야 한다. 그의 말대로 "관념이 바뀌면 세상이 바뀐다"는 진리는 오늘을 사는 젊은이들이 가져야 할 정치, 경제, 사회 그리고 미래에 대한 청년의 역사적 책임을 요구하고 있다.

권진관 교수는 1970년대 유신치하에서 민주주의와 정의를 위해 싸우던 이른바 운동권 출신이었다. 결국 그는 대학에서 강제로 제적당하고 당시의 민중신학에 접하게 되었는데 그것이 바로 그가 신학을 하는 계기가 되었다.

그리고 일생 민중신학에 심취하면서 기독교 윤리의 바른 길을 추구하였다. 그의 학문은 언제나 강의실 안과 강의실 밖을 연결하여 한계를 넘는 행동을 요구하였다. 그래서 모두 10장으로 이루어진 이 책도 결국 청년이 진정한 청년이 되려면 이 사회가 안고 있는 불편등의 구조, 양극화 현상, 정치가 사라진 정치 현장, 인간이 사라진 노동세계에서 갈등하는 청년들이 바로 미래가 되어야 한다는 점을 강조하고 있다. 권진관 교수는 자신을 돌이켜 보면서 청년들이 희망을 간직하고 정의사회를 만들어 가야 한다는 책임을 분명한 메세지로 전하고 있다.

분명히 청년이 살아 있을 때 그 역사는 희망이 있다. 정치가 경제가 사회가 희망이 없을 때에도 청년들이 살아있을 때는 그 역사는 생명력을 가진다.

지난 1990년대 초부터 21세기 첫 20년을 보내기까지 거의 30년을 성공회대학교에서 일관성 있게 정의와 평화 그리고 행동을 강조했던 권진관 교수는 그의 "청년의 경험"을 이 편지에 담아 새로운 시대를 열어가도록 평화를 물려주려고 단호한 여러 관점을 설명하고 있다. 그는 진정 청년을 사랑하는 이 시대의 청년이다.

| 추천사 |

노동의 진정한 가치

문 성 현

(대통령 소속 경제사회노동 위원회 위원장)

권교수와 저는 70년대 초반에 대학생이었고 지금은 나이 70을 바라 보는 7070세대입니다. 노동자 전태일이 분신을 하고 유신헌법이 선포되는 격변의 시대 한 가운데에서 우리에게는 민주화와 노동이 피할 수 없는 삶의 지표가 되어버렸습니다. 권교수는 민중신학, 저는 노동운동의 바다로 향했습니다.

이제 권교수께서 이 땅의 청년들에게 바치는 소중한 가치들을 모아 책을 만드셨습니다. 청년들이 새겨 봄직한 역사, 교육, 정치, 경제, 문화의 가치들입니다.

그리고 노동도 있네요. 제가 늘 고민하는 과제입니다.

"양극화 해소가 경제 정책의 핵심이 되어야 한다."

"노조에도 들어선 양극화. 사회적 책임을 외면해선 안된다."

"불행을 딛고 여기까지 온 우리는 대단한 민족이다."

최근 제1노총이 된 민주노총에게도 권하고 싶은 책입니다.

| 추천사 |

또다른 세상

조 희 연
(서울시 교육감)

권진관 샘의 주특기는 민중신학이다. 사회경제적 약자에 대한 애정으로 공부와 실천에 평생을 오롯이 던졌다. 이는 수많은 지식과 운동을 접합시키고 융합시키는 지난한 과정이었다. 기독교뿐만 아니라 인도, 대만, 독일 등 다양한 공동체의 신학과 이념을 섭렵했다. 그리고 이를 무기 삼아 민중과의 연대를 호소했고, 해방을 꿈꿨다. 권선생의 치열한 삶이 이번에는 우리 청년들을 향했다. 미래세대에게 역사와 교육, 정치와 경제, 교육과 노동, 문화와 인성에 이르기까지 전방위적인 메시지를 던진다. 대상은 달라졌지만 진심은 그대로다. 좌절하고 분노하는 젊은 세대들이 권진관 샘과 함께 '또다른 세상은 가능하다'는 신념으로 또다른 세상을 꿈꾸고 만들어가기를 소망해본다.

목차

| 추천사 |

- 채현국 (양산 효암학원 명예이사장/건달 할배) …4
- 한완상 (사회학자, 3·1 운동 및 임시정부100주년위원회 위원장) …5
- 이재정 (전 성공회대 총장/현 경기도교육감) …7
- 문성현 (대통령 소속 경제사회노동 위원회 위원장) …10
- 조희연 (서울시 교육감) …11

| 들어가는 말 | 청년, N포 세대라 말하는 그대들에게 …18

제1장 2030은 누구인가?

- 20대 남자들이 심상치 않다 …25
- 2030이 사는 이 시대는
  기성세대와 올드 세대가 만들어 놓았다 …28
- 무중력 지대의 새로운 인류가
  향후 20년간 사회를 지배할 것이다 …30
- 기성세대는 분열 속에, 4차 산업혁명에 적응 못 하고 …31
- 청년 세대는 취약하나 그것이 오히려 강점이 될 수도 …34

• 청년들이 스스로 붙인 별명, N포 세대
일본에선 사토리 세대, 중국에선 불계 청년 …36
• 양극화가 심각하게 진행되고 있다 …39

제2장 역사에서 배워야 한다
• 불행한 역사를 딛고 여기까지 온
우리는 대단한 민족이다 …45
• 기성세대가 가고 2030이 올라와야 …48
• 이제는 자신감을 가질 만한 위치에 올라왔다 …50
• 앞으로 한반도에 상상할 수 없는 변화가 올 것이다 …53

제3장 교육이 바로 서야 한다
• 과학 기술과 함께 인문학적 소양을 갖춘 인간으로 …57
• '스카이 캐슬'이 보여 준 '그들만의 리그' …58
• 이미 선진국들과의 리그가 진행되고 있다 …60
• 주체성과 책임을 강조하는 교육이 되어야 한다 …61
• 새로운 문명의 파고를 타고 항해할 수 있는 교육,
'사람이 되는' 교육이 필요하다 …64

- 18, 19세 이후의 모든 노력을 무효화시키는 학벌주의 …66
- 우리 사회의 불평등을 낳는 것이 바로 교육의 불평등 구조 …68
- 교육의 주체를 기업, 시민사회 등으로 더 넓히고 지원해야 한다 …71
- 허슬링이 침투한 사회에서는 공동체 정신이 사라진다 …72
- 대학 교육을 무상화하고 교육의 질을 높여야 한다 …73
- 공공 도서관과 카페의 공존 …75

제4장 새로운 정치가 필요하다

- 정치 하는 사람은 가장 봉사적이고 이성적이어야 …81
- 국민의 공복이어야 할 정치인이 국민 위에 군림하는 현실 …82
- 구태를 벗어난, 청년들의 새로운 정치가 필요하다 …84
- 정치는 '친구 관계'를 유지하는 것이다 …86
- 진정한 정치인의 모습 보여준 고 제정구 의원 …89

제5장 경제가 살아나야 한다

- '경제'라는 말에는 원래 윤리적 의미가 담겨 있었다 …93
- 평생 동안 직장을 못 가지는 젊은이도 많아진다 …94

- 바로 지금 청년의 일자리를 만들어야 한다 …97
- 기계가 노동을 대체하게 될 미래,
  이제 다른 종류의 일이 필요하다 …101
- 청년들의 생활 안정을 위해
  더 많은 사회복지가 필요하다 …103
- 상위 0.1%가 중위소득자의 31배를 버는 세상
  양극화 해소가 경제 정책의 핵심이 되어야 한다 …106
- 경제 성장에 의한 선순환이 이루어지던 시대는 지났다 …110
- 지금, 청년들에게 투자해야 한다 …113
- 위험 사회를 막기 위해 기본소득 제도를 …115
- 양성평등, 관념이 바뀌면 세상이 바뀐다 …120

제6장 노동이 중심이 되어야 한다

- 일은 고역이며, 자기표현이며, 직업이다 …125
- 일하는 사람 노동자는 나라의 중심이다 …126
- 노동조합, 이제는 바뀔 때가 되었다 …128
- 폭스바겐에서 배운다 …131
- 노조에도 들어선 양극화,
  사회적 책임을 외면해선 안 된다 …134

• 산업의 패러다임이 바뀐다
이제 평생 공부의 시대가 되었다 …137

제7장 문화가 힘이다
• 문화의 시대가 동터 오고 있다 …143
• 문화의 힘으로 경제와 사회를 이끌어 간다 …145
• 이제 경제 발전 중심의 패러다임을 뛰어넘어야 한다 …146
• 한 나라의 성장에는 경제 자본과
문화 자본, 사회 자본이 모두 필요하다 …148
• 4차 산업혁명 시대에 살아남을 직업 …153
• 인간 자본의 확대에 소형 교육 센터가 도움이 된다 …157
• 심청전, 인간 자원과 사회 자본을 증대시켜 주는 이야기 …160

제8장 우리에게 필요한 덕목들
• 예의는 인간 존중이다 …169
• 약자로부터 정당성을 인정받을 때 정의가 된다 …173
• 진정한 지성은 정직한 마음에서 온다 …178
• 창조성에는 용기가 수반되어야 한다 …181
• 노력하면 누구나 중산층이 될 수 있는 사회를 위해 …185

제9장 2030, 그대들이 미래다
• 사회적 신뢰 회복의 첫걸음은
상층부로부터 시작되어야 한다 …191
• 저출산, 꼭 문제로만 받아들이지는 말자 …193
• 힘들지만 새로운 시대, 젊은이들은 새로운 스타일로 산다 …195
• 2030도 늙는다 이제 100세 시대를 준비해야 한다 …198
• 인생이 불공정 게임으로 시작되어서는 안 된다 …199
• 전 국민을 대상으로 한 무료 교육이 한 방법이 될 수 있다 …203
• 젊은 세대를 위해서라도 평화를 물려줘야 한다 …206

제10장 기적이 온다
• 나 자신이 먼저 바로 서야 한다 …212
• 첫째, 자아의 중심, 내적 자아를 회복하라 …215
• 둘째, 가슴이 무엇을 원하는지를 알라 …218
• 셋째, 가슴이 정해 준 길에 뛰어들어라 …224
• 넷째, 좋아하는 것에 집중하여 나를 잊어버려라 …230
• 위기는 기회다 …234

| 에필로그 | 미래는 오늘의 창조물 …240

| 책을 맺으며 | …245

| 들어가는 말 |

청년, N포 세대라 말하는 그대들에게

오늘날 많은 젊은이들은 소위 삼포, 오포, 칠포 세대, N포 세대로 불릴 정도로 절망적인 상태에 있다. 사회의 초년생이 되면서부터 부채에 시달리고, 취직은 하늘의 별 따기처럼 어렵다. 연애와 결혼도 포기한다. 젊은이들이 어려우니 이들의 동반자인 부모들도 어려울 수밖에 없다.

오늘날 한국의 현실이 왜 이렇게 되었는가?

(소위 삼포는 연애, 결혼, 출산 포기, 오포는 거기에 주택과 인간관계까지 포기, 칠포는 꿈과 희망까지 포기하는 것을 말한다.)

현실은 언제나 어렵다. 언제나 그 나름의 어려움을 안고 있다.

그럼에도 청년들은 활화산과 같은 열의와 메마르지 않는 생명력으로 세상을 향해 출정해야 한다. 뛰어난 언어 능력과 창조력으로 각자 자기 분야에서 최고의 지성이 되어야 하고, 세상을 이끌어야 한다. 이런 능력을 청년들은 가지고 있다. 그래서 청년들은 무한한 가능성이다.

한국은 지난 오십년 동안 비약적인 경제 발전을 이루었고 부강해졌다. 한국의 청년들은 부모 세대가 이룩한 경제 성장의 혜택을 받았고, 디지털 시대에 태어난 디지털 원주민(digital native)이며, 최초의 지구화된 새로운 시민이다.

이들은 새로운 언어 구조 속으로 태어나 그 언어로 사회화되었다. 디지털 언어는 이들의 언어의 중요한 부분을 차지한다. 과거로부터 지속된 언어와 디지털 언어의 혼합 속에서 위기, 혼란, 기회가 함께 한다.

이들의 삶은 이제까지 존중받았던 가치가 아니라 새로운 가치로 새로운 세상을 열게 될 것이다.

어른 세대도 참여하게 될 그 세상은 20세기의 대량 생산 대량 소비의 세상과는 다를 것이다. 이들은 좀 더 자연친화적이고 좀 더 근검절약하면서 살지만, 훨씬 더 인간적이고 윤리적으로 사는 사람들이 될 것이다.

윤리적으로 보아도 그런 세상이 도래하는 것이 옳고 4차 산업혁명이 그런 세상과 사람들을 만드는 데 확실한 역할을 할 것이다. '새로운 인류'라고 하는 디지털화된 시민이 탄생하게 될 것이다.

새로운 인류는 여유와 즐김과 윤리를 실천하는 세대가 될 것이다. 이들은 '즐기다 보니 뭔가 되는' 세대이다. 어떤 젊은이는 일본 만화 영화를 즐기다 일본어를 깨친다. 영어도 마찬가지이다.

새로운 세대는 무엇이든 즐겁게 하는 성질이 있다.

"하마터면 열심히 살 뻔했다"의 의미를 젊은이들은 잘 안다.

청년들은 좋아하는 일을 열심히 한다.

방탄소년단을 이끈 방시혁 대표는 남들이 원하는 법대를 지원하지 않고, 자기가 원하는 학과를 지원해서 들어갔다. 그리고 자기가 좋아하는 것을 계속 열심히 하다가 세계적인 뮤직 그룹을 탄생시켰다. 어찌어찌 원하는 것을 즐겁게 그리고 열심히 하다 보니까 큰 사건이 된 것이다.

그리고 이 청년들은 윤리적 감각이 뛰어난 세대이며, 또 그래야 한다.

20세에 애플을 창업한 스티브 잡스가 스탠포드 대학 졸업식 연설에서 자신이 리드 칼리지를 자퇴한 것에 대해서 이렇게 말했다.

> "당시에는 매우 두려웠지만, 뒤돌아보면 그건 제 인생 최고의 결정 중 하나였습니다. 자퇴 이후 재미없는 필수과목들을 듣는 것을 그만둘 수 있었고, 더 재밌는 강의를 찾아 들을 수 있었으니까요."

> "주어진 환경에 한탄하기보다 자신을 이끄는 '재미'에 몸을 맡기고 젊음을 보낸 것이죠."

> "순전히 가슴과 직감만을 따라 살았습니다."

다시 한 번 말한다. 남들이 좋아하는 것이 아니라, 자신이 좋아하는 것을, 계산적인 머리가 시키는 일이 아니라 가슴이 시키는 일을 해야 한다.

주위를 둘러보면 비록 남이 잘 알아주지 않아도 자신이 좋아하는 일을 즐기며 열심히 하는 청년들이 많다. 이들은 스티브 잡스처럼 자신의 가슴을 따르고 있다.

잡스는 이렇게 충고한다.

"당신이 사랑하는 일을 찾아라. 그리고 그 일을 사랑하라. 연인을 사랑하듯이. 아직 그 일을 못 찾았다면 계속 찾아라. 그럼 발견하게 될 것이다."

그의 마지막 연설은 이것이었다.

"Stay Hungry, Stay Foolish."

스티브 잡스의 미국적인 진취성을 보았다. 그러나 우리는 미국적인 진취성과 함께 또 다른 민족적 장점에서 배워야 한다.

그런 장점은 독일 국민들에게 있다. 독일 국민들은 용기를 가지고 역사를 대했고, 윤리적 양심을 가지고 대처했으며, 그 위에 민족의 역량을 강화했다.

제2차 세계대전 후 독일 국민들은 자신들이 벌인 전쟁과 유태인 학살의 책임을 통감하고 책임 있는 사과와 배상을 하였다. 동시에 평화 국가가 되었고, 산업을 발전시켰다. 독일 국민들의 역량이 지금의 독일을 만들었다.

이들의 역량 중에 우리가 봐야 할 것은 그들의 윤리적 힘이다.

독일은 전쟁과 학살의 과거사를 깊이 반성하였고, 그런 윤리적 고백 위에서 적극적으로 새로운 시대를 열었다. 독일을 지금의 독일로 만든 것은 독일 국민들의 윤리의식이었다.

이들은 어릴 때부터 협력하는 것을 배우고, 주체적으로 생각하는 것을 배우며, 특히 질서와 예절을 지키는 것을 익힌다.

한국인들도 윤리적인 역량을 강화해야 한다. 지금까지 한국이 성장한 것은 성실·근면한 국민성과 질서와 예절을 존중하는 민족적 전통에서 기인했다. 이런 좋은 점은 더 강화시켜야 한다.

특히 경쟁과 개인주의로 치닫고 있는 요즘 윤리적인 역량 강화가 무엇보다 중요해졌다.

스티브 잡스가 대표하는 미국적인 진취성과 독일이 대표하는 협력정신, 공동체 정신이 새로운 세대에게 필요한 역량이라고 생각한다.

앞으로 이 두 부분을 잘 조화시켜 나가는 것이 새로운 시대의 한국의 과제일 것이다. 이를 확신하며 이 책을 내놓는다.

제1장

2030은 누구인가?

성차별로부터 오는 고통이
남성들에게 부메랑으로 돌아온 것이다.
남녀가 실질적으로 평등해지면 사회는 건강해진다.
일단 남자들도 스트레스를 덜 받게 된다.
남녀평등이 실질적으로 이루어지면
생산성이 높아지고 사회와 문화는 크게 발전할 것이다.

20대 남자들이 심상치 않다

최근에 눈에 띄는 현상이 있다. 20대 남자들이 심상치 않다. 우리의 20대 남자들이 우리나라를 보는 눈이 준엄하고 심각하다. 이들은 또래 여성들에 비해, 그리고 다른 세대들에 비해 한국의 현재의 상태에 대해서 부정적이고 비관적이며, 매우 화가 나 있다. 그래서 그런지 20대 남성의 대통령 지지율이 가장 낮다.

그런데 특이하게도 20대 여자들의 지지율은 모든 연령별 남녀 중 가장 높게 나왔다.

이렇게 같은 연령대인 20대 남녀 간의 지지율에서 격차가 큰 데에 우리가 눈여겨보아야 할 문제가 있다.

20대 남자들이 대통령에게 거부감을 느꼈다는 것은 대통령을 세우는 데 공헌한 86세대(50대 중반 전후의 세대)에 대한 위화감이 그들에게 있다는 것을 말한다.

청년들에게 86세대는 경제 성장기에 비교적 편안한 청년기를 누렸고, 정의를 외친 세대이지만 지금은 기득권을 누리고 있는 기성세대이다.

그렇다면 86세대를 비롯한 기성세대는 지금의 청년들에게 큰 책임을 느껴야 한다.

그런데 여성 청년보다 남성 청년들이 더 좌절하고 있는 이유는 무엇일까?

우선 20대 남자들의 경제적인 좌절이다. 번듯한 대학을 나왔다 해도 일자리 구하기가 어려울 정도이니 나머지 청년들은 어떠할까 짐작이 간다.

새로운 일자리는 잘 생기지 않고, 기존의 일자리는 사라지는 오늘날과 같은 자동화 시대에 청년들의 일자리 사정은 더욱 나빠지고만 있다.

임시직, 아르바이트 직과 같이 불안정한 직장은 있지만 그런 일에서 장기적인 희망을 찾을 수 없다.

이처럼 좋은 직장은 부족한데, 가족의 경제적인 부담을 남자들에게 더 강하게 떠넘기는 가부장제 문화가 남자들에게 더 큰 스트레스를 주고 있다.

일자리 사정이 20대 여성들에게 좋지 않고, 아니 오히려 더 나쁨에도 불구하고, 여성들이 혹시나 스트레스와 좌절을 덜 겪는다면 그 이유는 아이러니하게도 가부장제에 있는 것이 아닌가 싶다.

여성들은 일단 가부장제적 문화에서 불리한 조건을 감수해야 하지만 가족의 경제적 책임은 덜 진다.

그것이 젊은 여성들의 지위 향상에 도움이 되지는 않겠지만, 젊은 여성들에게 거는 사회 경제적 기대가 남자들보다 크지 않은 남성 중심의 문화가 아이러니하게도 이들에게 상대적 여유를 주는 것이다.

반면 20대 남성들은 군 복무를 해야 하고, 복무 기간은 거의 잃어버린 시간이 되며, 복무를 마치면 곧바로 사회에 진입해야 한다.

이 사회의 일자리 사정이 만만치 않고, 연관하여 과학기술은 점점 더 빠르게 변화해 가니, 이들이 가지는 긴장감은 매우 클 수밖에 없다.

요즘 젊은 여성도 형편이 크게 다르지 않다. 이들도 취직을 위해 모든 것을 걸고 있지만 번번이 좌절한다. 최근 신문 보도에 의하면 2019년 대학 졸업 예정자 남녀 10명 중 겨우 1명만이 정규직 취업에 성공했다고 한다(매일경제, 2019년 1월 21일자 보도).

그럼에도 젊은 남녀 간에 대통령 지지도에서 큰 차이가 나는 것은 남성 우위와 남성 책임의 가부장제적 한국 문화에 기인한 것으로 보인다.

가부장제가 남성에게 특권을 주지만, 동시에 가족 부양 등의 부담을 지운다. 한 예로 남자가 직장을 가지지 못하면 같은 조건의 여자보다 결혼하기가 훨씬 더 어렵다.

우리 사회가 아무리 남자들에게 우선적인 기회를 주고 있다 해도 그 기회 자체가 부족한 상태에서는 남녀 모두가 힘들며, 거기에서 오는 부담감은 남자가 더 클 수밖에 없다.

어쨌든 한국 사회에서의 젊은 남성과 여성이 경험하고 느끼는 긴장과 압박감의 강도는 성별을 기준으로 갈리고 있다.

성차별로부터 오는 고통이 남성들에게 부메랑으로 돌아온 것이다.

내가 청년이었을 때, 한 페미니스트 여자 친구로부터 들었던 말을 지금도 기억한다. 페미니스트 여자와 결혼하는 남자는 가계 부담을 홀로 지지 않으므로 훨씬 자유로워질 수 있다는 얘기였다.

남녀가 실질적으로 평등해지면 사회는 건강해진다. 일단 남자들도 스트레스를 덜 받게 된다. 나중에 설명하겠지만, 요즘 문제가 되고 있는 출산율도 높아진다.

이 책에서 다루고 있는 모든 주제들이나 사안들은 남녀평등의 관점에서 다루어져야 한다. 남녀평등이 실질적으로 이루어지면 생산성이 높아질 것이고 사회와 문화는 크게 발전할 것이다.

남녀평등은 우리 사회에서 꼭 관철되어야 할 필수적이고 선결적 과제이다.

2030이 사는 이 시대는 기성세대와 올드 세대가 만들어 놓았다

우리 사회는 지금 크게 봐서 서너 개의 세대로 나뉘어져 있다. 첫째, 1970~80년대에 젊은 시절을 보낸 기성세대(50대 후반부터 60대까지)가 있고, 2030세대가 있다. 세 번째로는 그 사이에 낀 40, 50대 중반의 세대가 있다.

중간 세대는 기성세대와 2030세대 중간에서 양쪽으로부터 영향을 주고받고 있는 복합 세대이다. 한때 X세대로 불리기도 했다. 지금은 한국의 허리를 이루는 세대로서 이들이 어떻게 살고 있는지 자세히 들여다볼 필요가 있다.

넷째는 올드 세대로서 70대 이상을 가리킨다. 우리 사회의 정치적 판도를 이끌고 가는 세대는 기성세대와 올드 세대인데, 이들은 정치적 성향에서 좌우로 분명하게 갈라져 있다.

박정희 시대를 그리워하는 태극기 집회에 가보면 성조기, 태극기, 심지어 이스라엘기를 들고 확성기로 북한에 대한 적대 의식, 진보 정부에 대한 불신을 드러내며 보수적인 정치 구호를 외친다. 이들이 기성세대와 올드 세대의 우측에 있는 사람들이다.

2030세대 젊은이들이 사는 이 사회는 기성세대와 올드 세대가 만들어 놓은 사회이다. 그들이 자신들의 자식 세대인 젊은 세대가 당하는 고통의 책임 당사자이면서 그들의 장래를 걱정해야 하는 부모 세대이다.

기성세대의 일부는 큰돈을 들여 자신들의 자식들을 좋은 대학과 좋은 직장에 들여보낼 수 있었지만, 대부분의 서민들은 그러지 못했다. 그리고 흙수저들, 삼포 세대를 양산했다.

이른바 흙수저, 삼포 세대는 연애도 못 하면서 나이 들어 가고 있다.

청년들 다수가 사회 초년생이 되어 발견하는 현실은 가난하고 무력한 자신이다.

많은 2030들이 계약직, 비정규직, 실업, 반실업 상태에서 가난과 무기력한 삶을 살고 있다.

빈곤의 고착화와 가난의 대물림이 일어나고 있다. 부모의 가난이 청년들에게 전달되고, 다시 청년의 가난이 부모에게 전달된다. 가난의 악순환이다.

밝고 희망차야 할 청년들이 무기력한 삶을 살아야 하는 이 사회는 도대체 어떤 사회인가?

무중력 지대의 새로운 인류가 향후 20년간 사회를 지배할 것이다

청년은 나이가 젊은, 구체적으로는 기성세대보다 젊은 사람들을 말한다.

청년들은 기성세대가 살아온 삶을 살지 않았기에 기성세대의 물이 들지 않은 사람들이다.

기성세대를 50대 이후로 보고, 청년세대는 40대 이하의 세대로 본다면 너무 광범위할 수 있다. 40대를 청년 세대로 볼 것인가, 아니면 30대까지를 청년 세대로 볼 것인가?

사람마다 다르겠지만 이 책에서는 청년을 20대와 30대 중반까지로 규정하고 이 글을 이끌어 나갈 것이다.

요즘 회자되고 있는 Y세대, Z세대 그리고 밀레니얼(Millennial) 세대, 최초의 글로벌 세대, 디지털 세대, 어떤 이의 말을 빌리면, 향후

20년간 기업과 사회를 지배할 '새로운 인류'라고도 불린다.

Y세대(1980년대부터 1990년대 중반 사이에 태어난 세대)는 지금 2030대이고, Z세대(1995년 이후 태어난 세대)는 20대 초반이다.

청년들을 무중력 지대의 사람들이라고도 한다. 현실에 발을 디디지 않고 떠 있다는 의미를 갖고 있는데, 요즘 이 말을 긍정적으로 바꿔 이해해서 서울시에서 청년 프로그램으로 사용하고 있다.

서울시에서 진행하는 '무중력 지대'는 "청년들의 삶을 옭아매는 저임금, 비정규직, 야근 등 '중력'으로부터 벗어나 자신의 삶을 찾을 수 있는 공유 공간"이다.

청년들이 이곳에 와서 쉬기도 하고, 대화도 하며 공유 부엌도 이용한다. 그리고 스타트 업 준비생들의 공간이 되기도 한다.

청년들인 '새로운 인류'가 거리를 활보하고 있고, 직장에서 땀 흘리고 있다. 강남역 번화가를 지배하고 있고, 홍대앞, 신촌, 서촌을 웃고 즐기며 다니고 있다. 키는 훌쩍 크고 잘 생겼다.

기성세대는 분열 속에,
4차 산업혁명에 적응 못 하고

청년이 누구인가를 알기 위해서는 그 반대 개념인 기성세대가 누구인지를 알아야 한다.

'새로운 인류'가 거리를 활보하고 있고,
직장에서 땀 흘리고 있다.
강남역 번화가를 지배하고 있고,
홍대앞, 신촌, 서촌을 웃고 즐기며 다니고 있다.
키는 훌쩍 크고 잘 생겼다.

기성세대의 특징을 몇 가지로 요약하면 다음과 같다.

첫째, 경제가 팽창할 때 성장했고 청년기를 보냈다. 연 평균 경제 성장률이 10%가 넘었기에 일자리가 풍부했다. 대학을 나온 사람들은 직장을 골라 갈 정도였다. 이런 사람들 중 일부는 지금 강남 등 요지에 집을 가지고 있고, 재산을 모았다.

둘째, 이들은 군사정권 하에서 성장했는데, 군사정권 시기의 경제 성장률이 높았다. 이 시기에 정치는 권위주의적이었고, 강력한 반공주의 정책과 교육을 실시했다.

셋째, 다른 한편 이들은 민주화운동을 겪었다. 군사정권 시기에 경제는 성장했지만 민주주의는 발전하지 못했다. 이때의 청년들은 군사정권의 독재에 저항했다. 시대정신이 민족주의와 민주주의를 지향했다.

넷째, 기성세대는 깊은 분열에 빠져 있다. 반공주의와 권위주의 정치를 지지하는 보수주의자와 인권과 평화, 민주주의를 내세우는 진보주의자들 사이의 분열이다. 그러나 이들 모두 민족에 대한 충성은 한결같다.

이 세대는 '촛불 시위'와 '태극기 시위' 사이의 갈등으로, 정권에 대한 지지와 반대로 분열되어 있다. 그리고 개인보다는 집단을 존중한다.

다섯째, 기성세대는 가난한 시절에 성장하여 생애 기간 동안 경제 성장이 빠르게 이루어져 부유한 시대를 만든 장본인이 되었다. 그들은 소위 헝그리 정신으로 경제를 일구고, 가정을 꾸려 갔다. 그리고 일정하게 성공을 거두었다. 가난으로부터 풍요로 발전한 세대다.

여섯째, 굴뚝 산업에서 출발하여 하이테크 산업으로 진입한 세대다. 그러나 요즘 뜨고 있는 고도의 지능화, 자동화 산업에는 익숙하지 못하며, 4차 산업혁명에 적응하기 힘들어 하는 세대다.

청년 세대는 취약하나 그것이 오히려 강점이 될 수도

이에 비해 청년들은 어떠한가?

첫째, 오늘의 청년은 풍요로운 경제를 누리며 성장했다. 그러나 어느덧 저성장 시대에 접어들었다. 이른바 88만원 세대, 3포 세대 등으로 불릴 정도로 풍요 속에서의 가난에 직면해 있다. 일자리는 없고 치솟는 집값 때문에 집 마련에 엄두를 못 낸다.

둘째, 청년들은 군사 독재 정권을 경험하지 않았으며, 반공주의가 주입되지도 않아서 기성세대처럼 공산주의나 북한에 대해 큰 편견을 가지고 있지 않고, 사회를 흑백 이분법으로 보지 않는다.

그러나 젊은이들은 남북한이 한 민족, 한 나라로 통일되어야 한다는 의식이 기성세대에 비해 강하지 않다. 기성세대가 진보와 보수의 이념 차이로 심각히 분열되어 있는 데 비해, 청년들에게 그러한 정치

이념적 분열은 없다. 그러므로 고질적인 남남 갈등은 청년 세대에는 없다고 하겠다. 개인의 자유를 중시하고, 집단주의를 멀리한다.

셋째, 이들은 민족에 대한 관심보다는 보편적·지구적 사고를 한다. 이것은 지구적 연결망 속에 있는 인터넷 디지털 세대의 공통점이다.

넷째, 최초로 부모 세대보다 가난한 세대이다. 이전 세대보다 청년 세대가 가난하고 앞으로도 그럴 가능성이 크다.

다섯째, 그리하여 청년들은 풍요로움과 가난이 혼재한 시대를 살고 있다. 풍요 속의 가난과 포기는 새로운 문화로 반전될 수 있다. 포기란 무관심을 포함한다. 부족해서 포기하기도 하지만 무관심해서 포기할 수도 있다.

이것은 미국의 전 대통령 지미 카터가 주창한 '내적 풍요와 외적 검약'의 삶의 가능성을 열어 줄 수 있다. 돈벌이와 수익성만을 쫓는 우리 세태를 넘어설 수 있는 능력을 청년들 안에서 찾을 수 있다. 이것은 기성세대가 풀지 못한 난제였다.

청년들이 물질적 영화에 집착하지 않고 의연하게 달관하는 자세는 보다 큰 가치를 창조할 수 있게 한다. 청년들의 취약함이 오히려 강점으로 돌아올 수 있다.

여섯째, 청년들은 기성세대보다 훨씬 디지털화된 세대이다. 스마트화되고 지능화된 환경에 익숙하여 4차 산업혁명에 쉽게 적응하고 이끌어 갈 세대이다.

청년들이 스스로 붙인 별명, N포 세대
일본에선 사토리 세대, 중국에선 불계 청년

청년은 최고의 신체적인 힘을 가진 세대이며, 상상력과 창조력이 넘치는 사람들이며, 기술을 가진, 희망이 있고, 활기가 넘치는 사람들이다.

이들 청년들이 나라의 가장 큰 자원이다. 젊은이를 잃는 것은 미래를 잃는 것이다.

지금 청년들의 숫자가 줄어들고 있다. 그러니 대학 입학 정원이 남아돌 수밖에 없고, 수년 내에 많은 대학이 문을 닫을 수밖에 없다.

청년이 약해지다 보면 대한민국이 허약해진다.

현재 있는 청년들이 더욱 귀해졌다. 이 귀중한 인적 자원을 보듬어서 빛나도록 만들어야 한다.

청년들에게 가장 큰 자질은 상상력과 그것에 기초한 창조력이다. 상상력과 창조력은 젊은이들의 능력이다. 이것 때문에 나라가 성장한다. 그러므로 나라의 미래의 주축인 청년들에게 자유와 기회를 마음껏 누리게 해 주어야 한다.

반면, 이들은 연애, 결혼, 출산을 포기한다고 해서 3포 세대라고 불린다. 거기에 취업과 내 집 마련을 포기하면 5포 세대, 인간관계와 희망을 포기하면 7포 세대, 여기에 건강과 외모 관리를 포기하면 9포 세대가 된다, 급기야 생명까지 포기하면 10포 세대라고 하는데 이건 지나치다. 묶어서 N포 세대라고도 불리고 있다. 이런 세대와 연결된 '헬 조선'이라는 말도 있다.

청년들이 스스로에게 붙인 이러한 별명들과 '헬 조선'은 청년들의 실상을 보여준다. 일본에는 사토리(satori) 세대가 있다. 우리말로 달관 혹은 득도의 세대라고 하는데, '사토리'는 '사토루', 즉 '깨닫다'라는 동사에서 파생된 말이다. 마치 모든 것을 깨달은 수도승처럼 현실의 부귀나 명리에 대해 관심을 끊었다는 의미이다.

이들은 무한 경쟁 속에서 열심히 살아온 기성세대와 다른 인생관을 가진다는 점에서 바람직한 미래를 열 수 있는 가능성을 가지고 있다.

중국에서는 불계(佛系) 청년이라고 하는데 이것도 비슷한 의미이다. 불가의 승려처럼 매사에 의연함과 무관심으로 행하는 청년들을 가리킨다.

이러한 언어들은 모두 청년들에게 닥친 팍팍한 경제적 현실과 불투명한 미래를 표현해 준다. 이들의 삶을 기성세대가 돌보고 부양해 주어야 한다.

청년들 모두가 N포 세대나 사토리, 불계 청년이 된 것은 아니다. 많은 청년들이 취업 전선에 적극적으로 뛰어들어 기성세대 못지않게 성취하고 소유하며, 결혼하여 가정을 꾸리고, 집도 마련하고, 장래의 꿈도 키워 나가고 있다. 이러한 청년들은 분명 N포 세대와는 거리가 멀다.

그러나 문제는 이러한 청년들의 수가 적다는 것이다. 더 많은 청년들이 삶의 의욕이나 미래에 대한 계획을 가질 수 없을 정도로 빈곤하고 피폐한 상태에 있다.

우선 좋은 일자리에 고용되지 않고 있다. 좋은 일자리가 줄었기 때문이다. 과반 수 이상의 청년들이 이런 상황에 놓여 있다. 이런 추세는 앞으로 4차 산업혁명이 진전되면서 더 강해질 것이다.

새로운 과학기술 혁명을 따라가기가 쉽지 않고 좁은 경쟁을 통과한 소수만이 새로운 시대의 파고를 타고 나아갈 것이다. 나머지는 안타깝게도 뒤처지고 만다.

이런 상황을 어떻게 슬기롭게 대처하고 나은 상황으로 개선해 나갈 수 있겠는가?

우리 청년들에게 밀려오는 오늘의 상황은 너무나 강하게 압도해오니 패할 것만 같은 생각이 든다.

그러나 이순신은 13척의 배로 130척의 일본 수군을 이겼다. 우리가 아무리 허약해도 우리의 생각을 바꾼다면 전세를 역전시킬 수 있다. 생각을 바꾸자. 생각의 전환이 반전을 일으킬 수 있다.

청년들의 절대적 가능성을 보자. 그들은 한 사회의 가장 생산적인 세대이다. 그들은 다른 어느 세대보다 앞선 능력을 가지고 있다. 스마트 기기들을 더 잘 사용할 수 있고, 기술 적응력에서 가장 앞선다.

N포세대가 갖고 있는 세상에 대한 의연한 자세는 앞으로의 미래사회가 수용해야 할 좋은 가치가 될 수 있다. 이 절대적 가능성의 판

도라를 열어 줘야 한다.

기성세대는 청년들이 꿈을 갖고 사회를 진취적이고 역동적으로 만들어 가는 주체가 될 수 있도록 일으켜 세워 줘야 한다.

양극화가 심각하게 진행되고 있다

우리 사회를 움직이는 두 개의 힘은 경제적인 힘과 정치윤리적 힘이다. 이 두 가지가 맞부딪치고 있다.

정치윤리는 한 사회를 바람직한 방향으로 움직이게 하는 사회 구성원들, 특히 그 대표자들의 집단적인 노력이며 기술이다.

정치윤리의 모티브는 한 사회에 있을 수 있는 온갖 모순이나 문제들을 특히 약자를 보호하는 관점에서 해결하려고 하는 것이다.

이에 반해 경제적인 힘이나 모티브는 경제적 부를 추구하는 욕망이다.

그런데 우리 사회의 정치는 이 경제적인 힘에 종속되어 있고, 사회의 온갖 문제나 모순을 다루는 것도 주로 경제적 힘에 유리한 방향으로 이루어지고 있다. 정치적 희망은 경제적 욕망으로 변질되었고, 정치권력은 자본권력의 눈치를 보게 되고, 시장원리라는 명목으로 자본권력의 편을 들게 되었다. 그리하여 정치적인 것과 경제적인 것이 일치하게 되었다.

물론 먹고 사는 것이 중요하다. 경제가 중요하다. 그러나 경제는 정치에 의해 견제 내지 통제될 수 있어야 하며, 서로 유착되지 않아야 한다. 정치가 제 기능을 발휘하지 않고 윤리를 저버린다면 사회의 빈부 격차가 커지고 불평등한 세상이 된다. 모든 사회적 악의 직접적 원인은 불평등이며 불평등은 불의를 낳는다.

가난한 자와 부유한 자 사이의 간격이 점점 더 커지고 양극화가 심각히 진행되고 있다. 특단의 조치를 취하지 않으면 이 추세는 급속도로 진행할 것이다.

불평등 지수가 커지면서 생존에 위협을 받는 약자들이 많아진다.

2018년 12월 15일 충남 태안 화력발전소의 벨트에 빨려 들어가 무참하게 죽은 비정규 노동자 24세의 김용균 씨나 삼성전자 반도체 공장에서 일하다 백혈병에 걸려 2007년 3월 죽어간 22세의 황유미 씨를 비롯한 1백여 명의 20대 여성 노동자들처럼 죽어 나가는 사람들이 생긴다. 이렇게 죽는 사람들 대부분이 하청 노동자, 비정규직 노동자, 청년 노동자들이다.

상층부를 제외한 대부분의 우리 청년들의 미래는 암울하다. 나이 든 세대는 경제 팽창기의 '기회의 시대'를 거쳤다. 직장을 쉽게 구할 수 있었고, 순탄하게 근무했다. 어느 정도의 연금과 여유 자금, 그리고 집도 확보할 수 있었다.

그러나 젊은 세대는 집안의 도움이 없으면 살아가기가 어렵다. 젊은이들이 직면한 큰 문제는 일자리 문제와 집 문제이다.

서울의 집값은 너무나 비싸고, 특히 서울의 강남은 더하다. 평생 벌어서 안 쓰고 모아도 집 한 채 장만하기 어렵다.

그래서 은행에서 대출 받아서 집을 사고, 고생해서 집값을 갚고 나면 은퇴할 나이가 된다. 이러한 삶은 행복과는 거리가 멀다. 대출해서 집 사고 다시 대출해서 집 늘리다 보면 나이 들고 죽는다.

이러한 현실을 젊은이들은 안다. 그래서 집을 포기한다. 집을 포기하고 결혼도 포기한다.

만약 정부가 값싸고 질 좋은 공공 임대 아파트를 제공해 준다면 젊은이들에게 큰 힘이 될 것이고, 집값도 안정될 것이다.

싱가포르는 전체 국민 중 80% 이상이 자기 집을 가지고 있다. 정부가 지어 준 아파트 값이 매우 싸서 약간의 수입만 있으면 누구나 집주인이 될 수 있다. 정부가 땅을 소유하고, 건물 값만을 지불하면 되기 때문이다. 그리고 집을 사고 팔 때 정부와 우선 거래한다.

이와 같은 방법이 하나의 대안이 될 수 있다.

제2장

역사에서 배워야 한다

우리는 더 이상 당해서는 안 된다.
더 이상 약해질 수 없다.
이제 일본을 넘어서고 능가하기 위해
더욱 분투해야 한다.
이런 의미에서 앞으로의 50년은
새로운 시대가 될 것이다.
일본을 넘어서기 위해서라도
우리는 더욱 분발해야 한다.

불행한 역사를 딛고 여기까지 온 우리는 대단한 민족이다

역사란 무엇인가?

역사란 온고이지신(溫故而知新)을 추구하는 것이라고 할 수 있다. 여기서 '온(溫)'은 '따뜻할' 온이 아니라, '찾아 익힐' 온이다. '옛것을 배워 새로운 것을 안다'는 뜻이다. 과거 속에서 오늘의 일을 알 수 있어야 한다는 말이다. 유명한 역사학자 E. H. Carr(1892~1982)는 과거와 현재의 대화가 역사라고 했다. 과거에 무슨 일이 일어났었는지를 살피고, 그 속에서 문제의 핵심을 찾아 배워서 오늘의 현실에 적용하여 해결할 수 있는 능력을 키우는 것이 역사를 공부하는 이유이다.

우리는 훌륭한 역사학자들로부터 오늘에 대한 깊은 통찰력을 얻는다. 과거의 일들이 시간을 뛰어넘어 오늘과 연결되어 있어 상호 소통할 수 있고 그 소통 속에서 우리는 통찰력을 얻는다.

요즘 역사학 강의가 매스미디어의 조명을 받아 높은 관심을 받고 있는 것도 그 때문일 것이다.

우리나라의 역사는 참 불행한 역사였다. 그런 불행한 역사를 딛고 여기까지 왔으니 우리도 대단한 민족이다.

우리는 중국에게 수백 년간 침략당했고, 일본으로부터도 침략을 당하고 결국 40여 년간 식민 지배까지 당했다. 식민지 시대가 끝나는 동시에 강대국들에 의해 분단되고 수년 내에 한국전쟁에 휩쓸려 들어갔다. 이로 인해 수백만 명이 죽고, 천만 이상의 이산가족이 생겼다. 정전 후 남북의 분단으로 세계의 마지막 분단국가로 남아 오늘에 이르렀다.

한국은 식민지 수탈로 인해 피폐해진 채 전쟁과 분단으로 이어지는 고통을 지금까지도 받고 있는 데 반해, 일본은 전쟁 책임 당사자였음에도 온전했을 뿐 아니라 한국 전쟁 기간 중 특수를 누리는 혜택을 받았다.

최근 일본이 우리나라에 가하고 있는 부당한 경제적 압박은 구한말 시기와 다르지 않다.

1895년 10월 경복궁에서는 무슨 일이 벌어졌는가?

일본의 낭인들, 즉 깡패들이 궁궐에 침입해 명성황후를 시해했다. 그 이듬해에 국왕 고종은 신변 위험을 느껴 러시아 공사관으로 피신했다.

이러한 일이 벌어지기까지 1875년 강화도에서 발생한 운양호(운요호) 사건이 있었고, 양국 간의 포격 사건이 있었다. 조선군이 막대한 피해를 봤음에도 일본은 이것을 빌미로 조선과 불평등조약을 강요했다. 이것이 강화도 조약이다.

이후 무기력하고 전근대적인 조선 왕조와 집권 세력은 일본에 붙기도 하고 청국에 손을 내밀기도 했다.

이처럼 조선은 청국과 일본, 그리고 러시아의 각축장이 되고 말았다. 청일전쟁(1894~1895), 러일전쟁(1904~1905)이 조선을 둘러싸고 일어났다. 영국과 미국이 일본을 도왔고, 일본은 무난히 청국과 러시아를 이겼다. 러일전쟁 후 일본은 곧 조선에 통감부를 설치했다.

이런 상황이 닥쳐오기 전에 조선은 왜 개혁을 단행하여 선진 문물을 적극적으로 받아들여 자강하지 못했는가?

조선이 체제 개혁을 하지 못했기 때문이다.

일본은 메이지 유신으로 위로부터의 체제 개혁을 해냈다.

그러나 조선은 엘리트 계층의 개혁 의지의 부족으로 세계사의 흐름에 올바로 대응하지 못한 채 쇄국의 기조를 유지했고, 외부 열강의 움직임에 애써 눈을 감았다.

주변 열강의 상황을 판단하고, 체제 개혁을 통해 적극적인 대처를 하기까지는 엄청난 집단적 노력과 지성이 요구되었던 것이다. 이는 그 시대를 운영하는 지도자들과 변혁가들의 정치적인 능력의 문제였다.

오늘날은 어떤가?

과거에는 군사력으로 침략했지만, 이제는 경제적인 힘으로 침략한다.

최근에 일본이 반도체 핵심소재들에 대해 수출 규제를 하고 있다. 힘으로 한국을 제압하고 자기들이 원하는 대로 과거사를 덮겠다는 몰염치한 행위이다.

그런데 이런 아베 정부에 대해 일본 청년들의 다수가 지지하고 있다. 일본 경제가 잘 돌아가고 있기 때문이다.

한국과의 정치 문제를 정치로 풀지 않고 경제로 보복하는 것은 무력행사나 다름없다.

우리는 더 이상 당해서는 안 된다. 더 이상 약해질 수 없다. 이제 일본을 넘어서고 능가하기 위해 더욱 분투해야 한다.

이런 의미에서 앞으로의 50년은 새로운 시대가 될 것이다. 일본을 넘어서기 위해서라도 우리는 더욱 분발해야 한다.

기성세대가 가고 2030이 올라와야

조선 후기로 돌아가 보자. 이때의 엘리트 계급과 집권세력은 다가올 위기를 심각하게 받아들이지 않았다. 위기에 속수무책이었다.

이렇듯 엘리트 계급이 무능하니 민중들이 일어날 수밖에 없었다. 1894년에 동학 농민들이 이대로는 안 되겠다며 개혁을 요구하고 일어난 것이다.

수만의 동학 민중이 궐기하자 조선 왕조는 처음에는 청에 손을 내밀어 동학을 진압하려고 했다. 양반 계급도 동학 민중을 배척했다.

그러던 중 청일 전쟁에서 우세를 점하고 있던 일본이 병력의 일부를 보내 조선의 황군과 연합하여 동학 농민군과 전투를 벌였다.

1894년 겨울, 공주 우금치 전투에서 많은 동학민중들이 생명을 잃는다. 녹두장군 전봉준을 비롯해 김개남, 손화중, 손병희 등이 이끌었던 농민군은 훈련되지 않은 집단들이었으니 월등한 화력의 정규군에게 패퇴할 수밖에 없었다.

동학 농민들의 무장 투쟁에는 네 가지 특징이 있다.

첫째, 화력의 현격한 차이였다. 그 차이 앞에서 동학 민중이 아무리 용감해도 패배할 수밖에 없었다.

둘째, 조선 왕조가 백성을 진압하기 위해 외세와 손을 잡았다는 것이다.

셋째, 동학 농민군의 일부가 결정적 전투인 우금치 전투에 합세하지 못해 수적 우위를 유지하지 못했다.

넷째, 우금치 전투에서 이겼다 할지라도 결국 일본 군국주의의 군사력과 조선 관군을 넘어설 수 없었을 것이다.

그럼에도 동학 무장 투쟁은 거꾸로 민족과 민중의 긍지를 보여준 혁명이었다고 할 수 있다.

반면, 조선의 정치 엘리트들이 자신의 권력을 유지하기 위해 민중에 등을 돌리고 침략자와 손을 잡았다는 점에서 부끄러운 역사이다. 이것은 오늘의 한국 지식인, 권력자, 지배 엘리트들이 눈여겨보아야 할 부분이다.

이는 남북한 모두에게 적용된다. 이와 같은 일이 다시는 있어서는 안 된다. 그럼에도 지금 한반도 정세는 조선말과 같은 위기감을 느끼게 하니 안타까운 일이다.

남북한이 아직 적대 관계에 있고, 남한은 두 개의 나라로 나뉜 것처럼 보인다.

남한 사회는 3.1독립만세운동의 결과로 생긴 임시정부를 부정하고 독립운동을 폄하하고 친일 세력을 옹호하는 세력과, 임시정부의 정통성·독립운동을 선양하고 반일하는 세력으로 분열되어 있다. 태극기 부대와 촛불 세력도 분열되어 싸우고 있다.

이러한 분열을 극복해야 하는데 기성세대나 올드 세대 안에서는 해결책이 나오지 않는다.

우물 속에서 세계를 보는 기성세대가 가고 세계의 시선으로 우물 안을 들여다보는 2030세대가 올라와야 해결될 것으로 보인다.

이제는 자신감을 가질 만한 위치에 올라왔다

한국전쟁 이후 60년 이상 한반도에서는 비록 냉전은 계속되었지만 적어도 열전은 없었다.

그동안 한국은 경제 성장과 민주화를 이루어 세계 11위 경제 강국이 되었고 민주주의의 나라로 거듭났다.

앞으로 50년 사이에는 한반도에 평화가 정착되고 통일을 이룰 수 있을 것이다.

그때까지 경제적으로 발전하면서도 더 이상 계층 간의 양극화가 심화되지 않아야 하고, 평등하고 공정한 나라가 될 수 있도록 사회 구조를 개혁하고, 내적·정신적 자산을 쌓아야 한다.

한편, 아직도 우리나라 안팎에는 우리 스스로를 부족하게 보는 시선이 있는 것 같다. 한국인의 주체성을 과소평가하여 "우리는 안 돼, 모이면 안 뭉치고, 협력이 안 되고 조직해 낼 수가 없어."라고 한다.

이러한 정서는 일제의 식민 지배에서 유래한 것이다. 일본 제국주의에 나라를 빼앗긴 경험이 스스로의 능력을 신뢰하지 못하게 했고, 일본의 세뇌 교육이 사람들의 사고에 영향을 주었다. 하지만 지나온 역사는 이런 평가가 잘못되었음을 보여준다.

지금까지는 미국이나 일본을 따라가는 입장이었다. 그러나 이제는 우리의 가능성에 대한 자신감을 가질 만한 위치에 올라왔다.

그런데 태극기와 함께 성조기를 흔들며 군가풍의 음악에 맞춰 행진하는 태극기 부대의 모습을 보면 지나간 식민지 시대의 그림자가 어려 있음을 보게 된다. 아직 식민주의를 벗어나지 못한 것인가.

우리에게 필요한 것은 대증 요법이 아니다. 주체적·장기적 안목으로 어떤 나라를 만들 것인가 설계하고 흔들림 없이 추진하는 일이다.

우리는 할 수 있다.

앞선 나라들의 경험에서 배울 수 있지만, 그대로 도입하는 것이 아니라 우리에게 맞는 것을 취사선택하고 만들어 나가야 한다.

우리 청년들이 희망을 가지고
웅비할 수 있기 위해서는
남북한이 화해하고 교류해야 한다.
그리하여 중국, 몽고, 시베리아를 통하고
유럽으로 이어지는 활동 무대를 확보해야 한다.
이것이 다가오는 반세기 동안에
우리 민족이 이루어야 할 절체절명의 과제이다.

앞으로 한반도에 상상할 수 없는 변화가 올 것이다

남북한이 새로운 화해의 역사를 만들어 가고 있다. 걸림돌이나 암초가 없지 않지만, 극복해 나가야 한다.

우리 청년들이 희망을 가지고 웅비할 수 있기 위해서는 남북한이 화해하고 교류해야 한다. 그리하여 중국, 몽고, 시베리아를 통하고 유럽으로 이어지는 활동 무대를 확보해야 한다. 이것이 다가오는 반세기 동안에 우리 민족이 이루어야 할 절체절명의 과제이다.

한반도는 지정학적으로 요충지이다. 특히 대륙 세력인 중국과 러시아 그리고 대양 세력인 미국과 일본이 한반도에서 만나기 때문에 이들의 세력 균형이 깨질 경우 심각한 위기를 맞을 수 있다.

거기다 남북 정상과 미국 대통령이 각각 만나서 한반도 문제를 논의하고 있지만 아직까지도 긴장의 끈을 놓을 수 없는 처지이다.

세계 경제의 경쟁 구도로 보면 서쪽으로는 미국과 유럽이 있고, 동쪽으로는 한국, 중국, 일본이 있어 동서의 경쟁 구도를 형성하고 있다.

앞으로의 반세기 동안에 한반도에 상상할 수 없는 변화가 일어날 것이다. 화해와 평화와 교류의 시대가 먼저 올 것이고 이어서 남북통일의 시대가 올 것이다.

서로 다른 체제가 하나로 통합해 가는 과정에서 생기는 난제들에 당면하게 될 것이다. 남북의 서로 다른 체제가 평화롭게 공존할 수 있고 교류하며 결국에는 통일에 이를 수 있도록 지혜를 모아야 한다.

교육이 바로 서야 한다

'스카이 캐슬'은 한국 사회에서
돈과 지식과 명예를 모두 가진
최상위 계층의 부모들이 자녀들을
어떻게 교육시키고 있는지 보여주었다.
'그들만의 리그', 그들만의 출세와
욕망의 도구로 전락한 교육은 이제
불평등을 낳는 사회악으로 작용하게 되었다.

과학 기술과 함께 인문학적 소양을 갖춘 인간으로

교육이란 무엇인가?

플라톤은 "교육이란 각 개인의 타고난 적성과 능력을 이끌어내어 이를 개발시켜 주는 것"이라고 했다.

교육이란 시대와 사회가 필요로 하는 인간을 형성하는 사회적 공동 과제이다. 오늘의 시대는 4차 산업혁명이 일어나고 있으며, 한국은 새로운 산업의 첨단에서 선진국들과 경쟁해야 한다.

그러므로 교육은 우선 과학과 기술을 연마하여 산업의 경쟁력을 높일 수 있는 사람들을 형성하는 것이어야 한다.

또한 오늘의 사회가 인권과 정의가 보장되고 지속가능한 미래가 있는 사회가 되어야 하므로 교육은 인권과 정의를 존중하여 조화로운 사회를 만들 수 있는 사람, 건강한 생태 환경을 만드는 공동체적인 사람을 창조해 내는 일이어야 한다.

청년들은 교육 과정에서 다음의 두 가지를 배우고 습득해야 한다.

첫째, 청년들은 4차 산업혁명이 몰고 올 새로운 과학과 기술을 습득하고 발전시킬 수 있는 능력을 가져야 한다.

둘째. 청년들은 풍부한 인문학적 소양을 쌓아야 한다. 인문학이란 인간의 삶과 정신, 그리고 문화를 연구하는 분야이다. 인간의 삶과 역사, 문화와 예술에 관련된 높은 소양을 쌓는 것을 목표로 하는 학문인데, 그 중심에는 사람이 있다. 즉, 인문학이란 사람을 이해하려 하는 학문이다.

인문학적 소양은 행복과 성공을 세속적인 재물과 영달에 국한하여 생각하지 않고 이것을 뛰어넘는 가치를 추구하게 한다. 인문학적 소양은 사람의 상상력과 주체성을 높여 준다. 인문학적 소양은 단순한 지식이 아니라, 도덕과 윤리의식을 함양하는 것이다.

과학기술만 가지고는 나라가 발전할 수 없다. 인문학의 발전이 함께해야 한다.

'스카이 캐슬'이 보여 준 '그들만의 리그'

우리나라처럼 교육 수준이 높은 나라도 없다. 그러나 그렇다고 우리나라의 인재들이 모두 과학기술에서 창의적이고 인문학적으로 풍부한 소양을 갖추었느냐 하면 그렇지도 않다.

주입식 교육으로 스스로 생각할 수 있는 훈련을 받지 못했다. 자신의 생각을 글이나 말로 논리정연하게 표현하는 훈련도 부족하다.

그동안의 교육은 정보 위주의 지식 습득 교육이었다. 알고 있는 정보와 지식이 얼마나 되는가를 측정하는 교육이지, 비판적 사고를 할 수 있게 만드는 교육이 아니었다. 알고 있는 정보와 지식의 양이 얼마나 되느냐로 대학 입학이 결정되었다.

2018~19년에 방영되어 충격을 준 드라마 '스카이 캐슬'은 한국 사회에서 돈과 지식과 명예를 모두 가진 최상위 계층의 부모들이 자녀들을 어떻게 교육시키고 있는지 보여주었다. 서울대 의대 입학에 대한 병적인 집착이 결국 자녀들의 행복은 물론 가정 파탄을 일으킨다는 내용의 이 드라마는 우리의 교육이 부와 명예의 대물림을 위해 어떻게 동원되고 있는지를 적나라하게 보여준다.

우리 사회에서 교육은 오래 전부터 출세와 성공을 위한 등용문이었다. 과거에는 못사는 사람들도 들어갈 수 있는 넉넉한 관문이었는데 요즘은 잘사는 사람들이 독차지하고 있다.

이 드라마에 등장하는 아버지들은 한국 사회의 최고 지식 엘리트 계층이다. 어머니들은 직업이 없고 오로지 자식들을 가장 좋은 대학에 보내는 일에만 전념하고 있다. 이들 중 부유한 조부모가 있는 이들은 조부모로부터 천문학적인 재정 지원을 받는다. 입시 코디나 사교육비가 그만큼 많이 들어 아버지 수입만으로는 충당이 안 되기 때문이다.

이 드라마는 돈으로 자녀들을 무장시켜 좋은 학위와 전문직을 전수하려는 '그들만의 리그'를 보여주었다.

이런 '그들만의 ' 출세와 욕망의 도구로 전락한 교육은 이제 불평등을 낳는 사회악으로 작용하게 되었다.

이런 교육은 선진국 대열로 진입해 들어가고 있는 한국에는 어울리지 않는 교육이다.

이미 선진국들과의 리그가 진행되고 있다

4차 산업혁명 시대인 오늘날에는 과학기술과 인문학의 소양을 두루 갖춘 인재들을 많이 만들어내는 교육이 필요하다.

지금까지는 '인 서울(In Seoul)', 일류학교 등을 부추기는 '소수를 위한 교육'이었다면, 이제는 많은 사람들에게 혜택이 돌아가는 교육이어야 하고, 다수가 한국 사회를 이끌어가는 사회를 만들기 위한 범국민적 교육이 되어야 한다.

이를 위해 모든 대학과 초·중·고등학교를 하향 평준화하자는 것이 아니다. 반대로 모두 상향 평준화해야 한다. 나아가 현재의 공교육 시스템을 평생 공교육 시스템으로 확장해 국민 전체에 교육의 혜택이 돌아가게 해야 한다.

큰 흐름으로 볼 때, 지금까지는 우리나라가 선진국을 추격하는 나라였다면, 이제부터는 먼저 개척하고 열어 나가는 앞선 나라로 서야 한다.

그러기 위해 선진국들로부터 배울 것은 배워야 한다. 외국어도 해야 하고, 해외에도 나가 봐야 하고, 거기서 공부도 해 봐야 하고, 경험도 쌓아야 한다.

이제까지의 교육은 우물 안 교육이요, 우리끼리의 리그였지만, 이제 이미 선진국들과의 리그가 진행되고 있다.

요즘 젊은이들은 이미 실천하고 있다. 그래서 돈을 모으기 보다는 지혜롭고 효과적으로 쓰는 길을 택하고, 해외로 나가 보고, 나라 안팎을 가리지 않고 하고 싶은 일을 찾고 있다.

우리나라와 세계의 경계가 디지털로 사라졌지만 영토적으로도 사라졌다. 요즘 세계에서 각광받고 있는 K-Pop은 추격을 넘어서 선도하는 한국을 보여주고 있다.

주체성과 책임을 강조하는 교육이 되어야 한다

새로운 영역을 개척하기 위해서는 주체적 역량을 쌓아야 한다. 청년들은 스스로 조직해 낼 수 있는 능력을 믿고 그것을 실행할 수 있는 세대다. 청년들은 벤처 정신을 가지고 있다.

벤처 정신은 남의 밑에서 안정된 보수와 위치를 보장받는 수동적이고 안일한 자세가 아니라 주체적인 역량으로 헤쳐 나가 홀로 설 수 있는 용기 있는 도전 정신이다.

'새로운 인류'가 태어나고 있다.
창조적이고 성숙한 사고,
스스로 생각하는 능력을 갖춘 인류다.
젊은이들이 새로운 문명의 파고를 타고
항해할 수 있도록 필요한 능력을 갖추게 하는 것,
그것이 앞으로의 교육의 과제이다.

이런 벤처 정신을 가진 청년들에게 주체성의 확립과 스스로에 대한 신뢰는 필수적인 재산이다.

이러한 재산은 인간적 자본이면서 사회적 자본이 된다.

'우리는 할 수 없어', '나는 스스로 조직화해 낼 수 없어' 같은 생각은 청년들의 정신 속에 설 자리가 없다. 청년들은 스스로 조직화해 내고 점검하며 작동시킬 수 있는 역량을 신뢰한다. 외국이나 타자에 의존하지 않고 스스로 해낸다.

우리의 교육은 주체성과 함께 책임을 강조하는 교육이 되어야 한다.

주체성은 스스로의 창조적인 상상력으로 미래상을 그릴 수 있고, 그 미래상을 현실화하기 위해 계획적으로 실행에 옮기는 능력을 가리킨다.

한편 책임은 이중적인 의미를 갖는다. 그것은 첫째, 나의 주체성이 만용이 되지 않도록 나 스스로에 대해 책임지는 자세를 말하며, 둘째, 나의 주체성이 사회적인 공동선에 공헌하게 하는 책임을 의미한다.

이러한 '책임'에는 '신중(prudence, 라틴어 prudentia)'의 덕목이 필요하다. '신중'은 사태를 자세히 들여다보고 연구하고, 그리고 최선의 길을 선택하기 위한 판단을 내리는 능력을 말한다. 비겁과는 질적으로 다르다. 비겁은 도피이나 신중은 실패하지 않기 위한 철저함이다. 진취나 용기는 신중을 동반한 것이어야 좋다. 그렇지 않으면 만용이 된다.

새로운 문명의 파고를 타고 항해할 수 있는 교육, '사람이 되는' 교육이 필요하다

오늘날의 교육은 정보를 많이 아는 사람을 만드는 것이 아니라, 성숙한 사고를 할 수 있는 사람을 만드는 것을 목표로 한다.

정보나 지식은 인터넷과 전자책(e-book)의 발전으로 넘쳐나고 있다. 생활에 필요한 기술이나 방법도 인터넷과 유튜브에 친절하게 소개되고 있다. 예를 들어 나 같은 초보자도 인터넷의 정보를 이용해 욕실에 타일을 새로 깔아 보았는데 시행착오 끝에 성공했다.

이렇게 정보나 지식, 기술은 우리 주변에 언제나 대기되어 있다. 문제는 이것들을 사용할 우리 자신, 즉 사람이다. 그것들을 활용할 수 있는 사람이 되지 못하면 아무 소용이 없다. 앞으로의 시대에는 그러한 엄청난 자원들을 활용할 능력을 가진 사람이 필요하다.

그러한 시대에 맞춰 '새로운 인류'가 태어나고 있다. 창조적이고 성숙한 사고, 스스로 생각하는 능력을 갖춘 인류다.

이제 교육의 목표는 그런 인간을 만드는 것이 되어야 한다. 젊은이들이 새로운 문명의 파고를 타고 항해할 수 있도록 필요한 능력을 갖추게 하는 것, 그것이 앞으로의 교육의 과제이다.

정보 처리와 과학기술을 함양하는 교육, 홀로 그리고 함께, 창의적·비판적으로 생각할 수 있는 능력을 함양하는 교육이 필요하다.

또한 '사람이 되는' 교육이 되어야 한다. '사람이 된다'는 것은 전통적·복고적 의미가 아니라 미래 지향적이면서도 현실에 적합한 사람을 의미한다. 즉, 뛰어난 능력과 함께 예절, 도덕, 질서도 지킬 줄 아는 사람을 말한다. 이것이 인문 교육(liberal arts education)의 목표이다.

그러나 우리는 지금 인문 교육을 상실하고 있다.

한국의 교육은 일본식 신민 교육에서 벗어나 미국식 실용주의를 받아들였다. 실용주의가 승하면서 사람 교육이 실종되고 대신 개인주의와 이기주의가 승했다.

개인주의와 이기주의는 한국의 교육을 개인주의적 출세와 욕망을 추구하는 인간형을 찍어 내는 금형으로 만들었다. 그 금형으로 찍어낸 인간들이 공동선을 지향하는 것이 아니라, 좋은 대학, 좋은 직장, 그리고 동류의 집단성이 자기 정체성의 전부라고 믿는다.

이러한 교육은 효율이나 실용 면에서도 뒤진다. 한국의 교육은 전인적인 인간 형성은 말할 것도 없고, 경제활동에 창의적·효율적으로 참여할 줄 아는 인간도 제대로 배양하지 못하고 있다. 전인적이고 창조적인 주체가 아니라, 국영수 위주로 줄 세워 기존 질서에 잘 적응하는 도구로 젊은이들을 키워 왔기 때문이다.

주체성을 갖고 공동선을 추구함으로써 이기주의, 개인주의를 극복해 나가는 인간을 키우는 윤리 교육이 절실하다.

18, 19세 이후의 모든 노력을 무효화시키는 학벌주의

대학에 대한 생각도 바뀌어야 한다. 지금까지 우리나라의 대학은 서열화와 학벌주의가 심했다.

대학끼리 선의의 경쟁을 해서 일정한 서열이 형성되는 것은 이해할 만한 일이다. 그러나 그것이 심화되면서 폐해가 너무 심각해졌다.

서열화와 학벌주의로 인해 나이 18, 19세까지의 고등학교 실력만으로 남은 인생이 결정된다. 어느 대학을 나왔느냐가 사회적 위치를 결정한다.

이처럼 나이 18, 19세 이후의 모든 노력을 무효화시키는 대학 서열화와 학벌주의는 폐기되어야 한다.

영어에 'Late Bloomer(늦게 피는 꽃)'란 말이 있다. 사람의 능력이나 특기가 어렸을 때 나타나지 않다가 늦게 나타나는 경우를 말한다.

발동이 걸리기까지 시간이 걸리는 사람들이 있다. 이들은 좀 느리고 천천히 달려서 처음에는 인정을 받지 못한다. 하지만 늦게 시작해 누구보다 빛나는 능력을 인정받는 경우가 있다.

들어간 대학은 서열에서 좀 밀린다 해도 그의 능력과 특기가 뒤늦게 빛을 발해 사람들을 놀래키기도 한다.

요즘 잘 나가는 CEO들 중에는 스카이 대학 출신이 아닌 사람들이 많고, 일류 고등학교 출신이 아닌 경우는 더 많다.

그러나 사회에서는 대부분, 특히 관료 사회에서 능력이 아니라 출신 학교로 선발하는 경우가 많다.

출신 학교 중심의 집단 이기주의는 좋은 의미의 경쟁을 저해하고, 일종의 패거리주의를 만든다.

대학의 서열화 이전에 이에 못지않게 극심했던 고등학교 서열화가 있었다. 인생의 중요 부분이 열다섯, 열여섯이라는 어린 나이에 결정되는 고등학교 서열화는 지금도 암암리에 진행되고 있다. 지금의 50대 이후 세대가 아직 그런 '우스꽝스러운' 서열화 의식에 갇혀 살고 있다.

지금도 이력서에 고등학교를 쓰는 경우가 많고, 공직에 있는 50대 후반 이후의 사람들은 출신 고등학교를 따진다.

고등학교 평준화에 힘입어 고등학교 서열화가 상당히 해소되었다고는 하지만 아직도 사립초, 국제중, 특목고, 그리고 명문대로 이어지는 학벌에 의한 출세 특급열차가 존재하고 있다.

인성, 공감·소통 능력, 사회 적응 능력, 창의성 등과 무관하게, 시험을 봐서 운 좋게 혹은 불운하게 들어간 출신학교 하나로 사람을 평가한다면 이것은 잘못돼도 한참 잘못된 것이다.

게다가 우리 대학생들은 선진국 대학생에 비해 공부를 덜 한다. 미국이나 유럽의 대학생은 일단 입학했다 하면 밤낮 가리지 않고 공부한다. 그만큼 대학 졸업하기가 어렵고 공부할 게 많기 때문이다.

우리 사회의 불평등을 낳는 것이 바로 교육의 불평등 구조

우리 사회의 난제 중 하나가 경제, 사회 등 다양한 영역에서 불평등 구조가 심화되고 있다는 것인데, 이 불평등 구조는 교육에서부터 시작되고 있다. 교육이 불평등 구조를 떠받치고 지탱해 줄 뿐 아니라, 교육 자체가 불평등한 것이 되어 버렸기 때문이다.

우리나라의 대학 입시 제도는 미국·일본과 비슷한데 두 나라의 불평등지수가 매우 높다. 국제통화기금(IMF)의 자료에 따르면 한국의 상위 10% 소득 집중도(2012년 기준)는 44.9%이다. 주요국 중 미국(47.8%)에 이어 두 번째, 아시아에서는 가장 높다. 소득집중도는 소득 상위권 구간의 사람들의 소득이 전체 소득에서 차지하는 비중으로, 소득불평등 정도를 판단할 수 있는 지표 중 하나다.

이에 비해 유럽은 상대적으로 불평등 지수가 낮은데, 특히 서유럽과 북유럽은 교육 체제가 우리와 매우 다르다. 북유럽과 서유럽에서는 드라마 '스카이 캐슬'과 같은 현실은 생각조차 할 수 없다. 북서유럽에서는 불평등을 양산하는 비효율적인 교육은 없다.

한국과 같이 사회보장이 약하고 개인주의·이기주의가 강한 사회에서는 좋은 대학 졸업장이 없으면 B급 시민으로 전락하기 쉽다. 부유한 가정의 자식들이 점점 더 좋은 대학을 차지한다.

지금과 같은 교육 체제는 교육을 통한 계층 평준화를 어렵게 만든다. 가난한 청년들은 계속 가난해지고, 부유한 집안의 청년들은 유리한 조건에서 생을 시작하여 대를 이어 부유해진다. 이것이 많은 청년들을 절망하게 한다.

교육에 대한 관념과 이해가 바뀌어야 한다. 특히 대학의 서열화를 불식시켜야 한다. 이제 모든 대학이 좋은 대학이 되어야 한다. 또 대학 교육이 전부일 수 없으므로, 사회에 나와서도 계속 자기 개발을 해야 한다.

기업이나 기관은 학벌 위주로 사람을 뽑지 말고 실력과 성실성을 기준으로 채용해야 한다.

그렇게 되면 우리 사회도 실력을 숭상하고 학벌과 같은 허울을 벗겨낼 수 있을 것이다. 사람들 사이의 신뢰도 커질 것이다.

그리고 이미 우리는 대학이 교육의 최종 도달지가 아닌 시대에 살고 있다. 교육은 평생 동안 받는 것이지 20대 중반에 끝나는 것이 아니다. 다양한 성인 교육, 직업교육, 분야별 교육 등 교육은 평생 진행되어야 한다.

대학 교육은 중요하지만 최종이 아니라 하나의 과정일 뿐이다. 특히 4차 산업혁명의 시대에는 정규 교육 이후의 평생 교육을 요구한다. 우리보다 선진국인 북서 유럽 국가들은 이미 평생 교육을 실시하고 있다.

대학 교육은 중요하지만 최종이 아니라
하나의 과정일 뿐이다.
특히 4차 산업혁명의 시대에는
정규 교육 이후의 평생 교육을 요구한다.
우리보다 선진국인 북서 유럽 국가들은
이미 평생 교육을 실시하고 있다.

교육의 주체를 기업, 시민사회 등으로 더 넓히고 지원해야 한다

교육은 산업의 요구에 부응하고 시장의 필요를 충족시켜 주는 것이어야 한다. 시장의 필요가 무엇인지를 파악하여 이를 교육에 반영시키는 것은 국가이다. 그런데 시장을 가장 잘 이해하는 주체는 기업이다. 그렇다면 기업이 교육에 적극적으로 참여해야 한다. 교육의 질과 교육의 시대적 적합성을 높이려면 교육의 내용과 체제를 결정하는 주체들의 참여가 필요하다.

경제 성장을 지속적으로 이루는 데 기여할 수 있는 교육이 되도록 학교와 국가와 기업, 시민 사회, 그리고 노조가 모두 교육의 주체가 되어 적극적으로 참여하고 협력해서 교육을 이끌어야 한다.

한류 열풍이 세계적으로 불고 있다. BTS의 곡들이 수차례 빌보드 차트 1위에 오르고 있다. BTS가 아리랑을 부르자 운집한 외국인들이 따라 부르는 모습을 보면서, 우리도 세계 최고가 될 수 있다는 자신감을 갖게 된다.

우리의 교육이 제조업 발전뿐 아니라 문화 창조의 영역으로까지 발전하도록 기여해야 한다. 그러려면 교육 정책을 결정하는 주체를 더 넓히고 교육을 할 수 있는 기관을 정부, 노동자, 경제, 민간으로 넓혀야 하며, 정부가 나서서 이들 주체들을 독려하고 지원해 주어야 한다. 그래야 시대에 맞는 교육을 제공할 수 있다.

허슬링이 침투한 사회에서는 공동체 정신이 사라진다

우리는 돈의 노예가 되거나 경제 지상주의의 우를 범하지 않으면서도 경제에 대해 진지할 필요가 있다. 먹고 입고 주거하는 일은 필수적이고 기본적인 것이기 때문이다. 그러나 교육이 시장 원리에 지배받는 것은 큰 문제이다.

시장 원리 중에는 '최고 이윤의 추구'라는 것이 있다. 그러다 보니 교육이 돈 되는 과학기술 쪽으로 과도하게 흘러가고 정신과 문화를 다루는 인문학에는 무관심하며 돈 버는 일에만 열중한다.

'허슬링(hustling)'이라는 말이 있다. 경제적인 이득을 위해 수단방법을 가리지 않는 것을 말한다. 허슬링이 우리 사회와 교육에 파고들었다. 미국의 비판자들은 미국이 실패하고 있다면 바로 이 허슬링 때문이라고 한다. 허슬링이 침투한 교육 환경에서는 함께 살아야 한다는 공동체 정신이 상실된다. 공동체를 세우고 공동선을 향하는 과정이 생략된다.

교육에는 어떤 사회를 만들 것인가에 대한 비전이 필요하다. 그런데 대학이나 교육기관들이 말과 행동이 다르다. 협동적·연대적 정의로운 사회를 만드는 일에 공헌한다는 교육의 비전을 명시해 놓고, 현실은 그 반대로 가고 있다. 경쟁과 이윤의 논리를 따르고 있다.

물론 합리적 경쟁의 원리가 현실에서 필요한 것은 사실이지만, 그것이 사회를 지배하면 사회는 정글이 되고 만다.

각자도생의 허슬링 사회에서는 상위 계층 부모들이 자신들의 지위와 특권을 자식들에게 물려주기 위해 사교육에 돈을 퍼붓는다. 이러한 자금을 가난한 계층은 감당할 수 없어서 결국 뒤처질 수밖에 없다. 교육이 약자에게 힘이 되는 것이 아니라, 강자에게 힘이 되는 도구로 변하는 것이다. 교육의 기회에서 평등이 무너졌다.

대학 교육을 무상화하고 교육의 질을 높여야 한다

사교육에 퍼붓는 비용을 세금으로 거둬서 모든 학생들에게 그 혜택이 균등하게 돌아가게 하면 그만큼 정의롭고 평등한 사회가 될 것이다. 사교육이 번창하는 것은 다른 자식들을 짓밟고 자기 자식만 잘되면 그만이라는 이기주의에서 비롯된 것이다.

다 그렇게 하는데 어쩔 수 없는 게 아니냐고들 한다. 그렇기 때문에 이 문제는 국가가 나서야 한다.

사교육에 퍼부을 돈을 세금으로 걷는다면 부자들은 재산권 침해라고 할 것이다. 그러나 유럽의 복지 국가들에 비해 훨씬 낮은 비율의 세금을 내는 부자들은 재산권 침해를 주장해서는 안 된다.

부자들은 또 서민들은 세금을 안 내는데 자기들만 세금을 올리면

부당하다고 할 것이다. 그러니 우리도 서유럽, 북유럽처럼 면세점을 더 낮춰서 서민들도 세금을 내 복지 사회를 만드는 데 동참할 수 있게 해야 한다.

그렇게 세금을 충분히 걷어 대학 교육을 무상으로 하면 사교육비를 없애는 데 기여할 수 있다.

또 대학이 정부의 재정으로 운영되므로 대학 교육을 정부 주도 하에 사회적·공익적 인간을 만드는 데 기여하게 할 수 있고, 이로써 사회적 평등에 접근할 수 있다.

제한된 영역의 사교육은 어쩔 수 없다 하더라도 입시를 위한 사교육은 법적으로 금지하고 단속을 강하게 해서 뿌리를 뽑아야 한다.

대신 정부는 대학 교육을 무상화해야 한다. 그리고 졸업의 기준을 높여 교육의 질을 높여야 한다.

그러면 교육이 능률적이 될 뿐 아니라 모든 학생들에게 균등한 기회와 질 높은 교육을 제공할 수 있다.

지금은 대학들이 너무 많은 데 비해 입학생은 점점 줄고 있다. 정부는 사립대학들을 정리하고 통폐합하거나 특화하여 질 좋은 대학으로 만들어야 한다. 이와 함께 지방 사립대학들에 정부가 운영비를 대고 공영화 내지 공립화하고 특성화하는 것이 바람직하다.

이런 작업들이 대학의 서열화를 없애는 데 크게 기여하고 교육에 의한 양극화를 확실하게 줄여 줄 것이다.

공공 도서관과 카페의 공존

원래 공부나 연구는 재미있는 것이면서도 매우 힘든 일이다. 힘든 일을 재미있고 흥미로운 것으로 바꾸기 위해서는 무엇인가 보충되어야 한다.

공부와 연구를 하는 장소는 무엇보다 쾌적하고 편안하고 편리해야 한다. 더불어 엄숙성도 있어야 한다. 편안함과 엄숙성이 서로 모순이 될 것 같지만, 둘이 조화를 이룰 수 있다. 엄숙성 없이 편안하고 쾌적하기만 하면 놀이터가 된다.

카페는 음악과 음료가 필수적이다. 도서관과 카페의 차이는 음악과 음료가 있고 없고의 차이이다. 그 외에 둘은 비슷한 면이 많다. 카페에 음악이 있다는 것은 대화를 할 수 있다는 것이고, 도서관에 음악이 없는 것은 대화를 금지한다는 것을 의미한다.

우리나라처럼 편하게 앉아서 일할 수 있는 카페가 많은 나라도 많지 않다. 타이완에 가보니 우리와 같은 카페가 그리 많지 않았다. 미국에는 스타벅스, 커피빈, 피츠카페 등 체인점들이 수두룩하다. 그러나 거기도 우리나라처럼 카페에서 일하고 글 쓰고 하는 사람들은 많지 않다.

반면, 우리나라는 서울은 물론 지방 도시에도 앉아서 책 읽을 카페들이 많다. 미국의 유명 체인점들도 있지만, 토종 카페들도 많으며, 가격도 좋고 맛도 있고 편안하다.

독일을 비롯한 유럽에도 책을 읽을 수 있는 카페는 그리 많지 않다. 내가 자주 가는 독일 마인츠에는 책을 마음 놓고 읽을 수 있고 와이파이를 쓸 수 있는 카페는 한두 군데밖에 없다. 그중 하나가 마인츠 중앙역사에 있는 스타벅스인데, 역에 드나드는 사람들이 많아서 항상 북적거리지만 젊은이들이 많이 와서 책을 읽고 컴퓨터 작업을 한다.

우리나라에 유독 카페가 많은 이유는 무엇인가? 물론 카페가 자영업으로 인기 있는 종목이기 때문이기도 하지만 다른 이유가 있다. 우리나라 사람들이 공부를 많이 하기 때문이다.

한국인들은 커피를 놓고 자신을 들여다보고, 책을 읽으며, 컴퓨터로 일을 하고, 바깥세상도 내다보며, 음악도 듣는다. 커피를 앞에 놓고 친구들과 대화를 즐긴다.

이러한 소통과 성찰의 욕구를 한국인들은 갖고 있다. 카페가 우리나라에서 성공하고 있는 것은 커피 향과 맛뿐만 아니라 부수적으로 한국인들이 원하는 편한 자리, 와이파이 등의 필요를 만족시켜 주기 때문이다.

도서관은 내면을 성찰하고 필요한 정보를 찾는 곳이다. 영화 '뉴욕 도서관에서'는 뉴욕시의 공립 도서관들이 지역사회의 지적 발전을 위해 얼마나 다양한 활동을 하고 있는지를 보여준다. 그런데 우리나라의 공립도서관은 어떠한가. 큰 길로부터 멀리 떨어져 있어서 접근성이 좋지 않고, 들어가도 편한 의자가 별로 없고, 쉴 수 있는 문화공간도 없다. 입시 준비생들이나 고시 공부, 취업 준비하는 사람들이 주로 이용하는 독서실에 불과하다. 문화적이거나 공동체적인 것이 없고, 무겁고 딱딱하여 안락함이 없다. 다양함과 깊이에서도 모자란다.

한 나라의 문화와 지성의 깊이를 알려면 그 나라의 공공도서관이나 박물관, 예술 전시관 등을 가 봐야 한다. 그중에서도 시민들의 지적·문화적 수준을 보여주는 것은 단연 공공도서관이다.

우리나라의 공공도서관은 국격에 비해 품위가 낮다. 이러한 부족 부분을 지금 카페가 보충하고 있다고 본다. 청년들의 지적 욕망을 국가가 다 채워 주지 못하는 반면, 개인 사업인 카페가 많은 부분을 맡아서 해결해 주고 있다.

그러므로 중앙 정부와 지자체는 청년들의 지적인 욕망을 보다 자유롭고 안락한 분위기에서 만족시킬 수 있도록 도서관을 발전시킬 필요가 있다.

큰돈 들이지 않고 내부를 약간만 바꾸어도 이용률이 높아질 것이다. 도서관의 자료들이 전산화되면서 점점 더 자료 접근성이 좋아지고 있어서 이제 어디서나 자료를 볼 수 있게 되어 가고 있다. 그러나 아직 저작권 문제, 인증 절차 등으로 출판물에 대한 일반인의 접근이 쉽지 않다. 보다 발전된 공공 도서관이나 대학 도서관들이 필요한 이유이다.

제4장

새로운 정치가 필요하다

정치란 한 나라의 구성원들 사이의
서로 다른 의견들을 조정하여
모든 구성원에게 최선의 복리를 가져오게 하는
이성적 행위라고도 할 수 있다.
그러므로 현실 정치에서 일하는 사람들은
각 분야에서 가장 봉사적이고
이성적인 사람들이어야 한다.

정치 하는 사람은 가장 봉사적이고 이성적이어야

세상에 정치적이 아닌 것이 없을 정도로 정치는 광범위한 인간 현상이다.

남녀의 관계도 정치적이다. 둘 사이에도 힘이 작용한다. 누가 주가 되고 누가 종이 되느냐, 대등할 수 있느냐, 민주적인 관계일 수 있느냐 등을 놓고 의식적·무의식적으로 힘겨루기를 한다. 친구 관계도 마찬가지다.

정치란 서로 다른 입장이나 힘을 가진 사람들 사이에 합의를 이루는 과정이라고 한다면, 정치는 선을 이루는 과정이기도 하다. 물론 악을 이루는 정치도 있다. 그러나 좋은 정치는 선을 이루는 것이다.

우리는 이웃들과 함께 선을 이루며 살아야 하는데 이를 위해 정치의 개입이 필요하다.

정치는 대화하고 화합할 줄 아는 기술, '신중'이라는 덕목을 포함한 종합적 실천 이성이라고 하겠다.

미래를 준비하는 청년들은 정치를 잘 이해해야 하고, 정치 권력을 잘 행사해야 한다. 그리하여 사람들 사이의 문제를 지혜롭게 풀어서

선을 이룰 수 있어야 한다.

사람들을 무리하게 이끌어 가는 것은 강압이지 정치가 아니다. 정치는 대화와 타협을 기본 덕목으로 삼는다.

대화를 위해서는 상대방을 대등한 친구 관계로 보는 것이 중요하다. 나이, 성별, 인종, 국적 등이 달라도 대등한 친구 관계 속에서 타협을 이뤄 낼 수 있다.

정치란 한 나라의 구성원들 사이의 서로 다른 의견들을 조정하여 모든 구성원에게 최선의 복리를 가져오게 하는 이성적 행위라고도 할 수 있다. 그러므로 현실 정치(Realpolitik, real politics)에서 일하는 사람들은 각 분야에서 가장 봉사적이고 이성적인 사람들이어야 한다.

국민의 공복이어야 할 정치인이 국민 위에 군림하는 현실

흔히 현실 정치를 합법적 국가의 폭력을 동원하여 국민을 통치하는 기술 정도로 생각하는 경향이 있다. 그러나 정치는 다수의 역량을 모아 나라의 발전을 위해 궁리하는 집단적 토론과 지혜의 장이다.

그런데 지금의 한국 현실 정치는 공론의 장이기보다 이익집단 간의 투쟁의 장처럼 보일 때가 많다. 근거 없는 가짜 뉴스를 생산하고 막말을 일삼는 붕당 정치, 패거리 정치로 보인다.

정치는 헌법 정신에 입각한 국가관에 기초하여 국가의 목적인 국력의 강화를 통해 국민들의 복리를 보장하는 것이다. 정파적 이해관계로 정치에 임해서는 안 된다.

정치인들은 국민으로부터 존경과 사랑을 받아야 한다. 정치인들이 공익을 따르지 않고 정파적 이해관계를 따르면 국민들은 이들을 신뢰하지 않는다. 국민 권리에 대해 진보와 보수의 시각 차이는 있을지라도 목적은 모두 같다. 특히 여러 이유로 성장의 혜택으로부터 소외되고 있는 사회적 약자들을 보호하는 데에는 여야가 따로 없다.

그런데 선거에 의해 뽑힌 의원들이 이해관계로 집단화되면서 국민들과는 거리가 먼 정치를 할 때가 많다. 한 예로, 대부분의 국회의원들이 상당한 자산을 가지고 있다. 자산이 있어야 선거에 뛰어들 수 있기 때문에 국회는 자산가나 엘리트들이 모이는 집단이 된다. 따라서 서민들의 삶과는 동떨어진 위치에 있을 수 있다. 많은 경우 이들의 관심은 재선에 쏠려 있다. 정치적 생명을 연장하기 위해 줄을 서고, 권력을 쥔 정파에 줄 선다.

국회의원들은 많은 특권을 누리고 있다. 2019년 4월 6일의 보도에 의하면, 국회의원이 모든 직업군에서 평균소득 1위라고 한다. 국회의원 평균 연봉이 1억 4천만 원으로 1위, 그 다음이 성형외과 의사(1억 3천6백만 원), 기업 고위 임원(1억 3천만 원), 피부과 의사(1억 2천만 원) 순이다. 고위 공직자들도 고액의 연봉과 업무추진비, 특정업무추진비 등의 판공비, 기관 카드, 그리고 고액의 연금 특혜를 받는다.

이런 특권은 한국의 대다수 시민들은 생각조차 할 수 없는 것이며, 이것으로 국민의 공복이어야 할 사람들이 국민 위에 군림하는 위치가 되었다.

그러나 무엇보다 국회의원과 정치인은 민생 문제나 공정성, 사회정의 문제 등에 대해 발 빠르게 움직이기를 국민은 바란다. 정치인은 한 사회에서 가장 뛰어난 지성인이어야 하고, 덕을 갖춘 사람이어야 한다. 또 언제나 국민들의 눈높이에 설 자세를 가져야 한다.

구태를 벗어난,
청년들의 새로운 정치가 필요하다

정치란 이해대립과 갈등의 문제를 해결하는 기술이며, 공동선의 구현을 가져오는 집단적 지성이며 기예(art, 예술)이다. 정치는 경제와 사회의 발전과 화합을 위해 가장 적절한 지성을 발휘하는 능력이다.

현실 정치인들은 국가 기구 중 주로 행정부와 입법부에 소속되어 있다. 그런데 예로부터 정치는 가장 부패가 많은 곳이라는 평판이 있어 왔다. 실제로 정치의 핵심인 국회의원이나 정치인들은 재물의 유혹에 넘어가기 쉬운 위치에 있다.

국회의원들은 많은 특권을 누리지만, 한편 지역 관리 등에 엄청나게 많은 비용이 든다. 물론 정치자금을 모금할 수 있지만, 그것도 쉽지 않다. 돈이 없으면 정치를 하기 어렵기 때문에 정치인은 부패의 늪에 빠질 가능성이 많은 것이다.

진보적 이상 정치를 꿈꾸었던 노회찬 의원은 현실의 벽 앞에서 좌절하고 스스로 목숨을 끊었다. 그런 일을 바라보는 일반인들은 정치를 믿지 못하게 된다.

우리나라에서 현실 정치는 부정적인 것으로 인식되고 있는데 이는 참으로 불행한 일이다.

돈이 들지 않는 정치는 불가능한 것인가? 부패하지 않는 정치는 불가능한가?

우리나라와 달리 북유럽의 국회의원들은 대중교통을 자주 이용하며, 자전거로 출퇴근하기도 한다. 이들은 서류 더미를 가방에 매고 사무실에 가서 펼쳐 놓고 읽고 연구하여 새로운 입법안을 만들어 낸다.

우리는 어떤가? 관혼상제를 찾아다니느라 자료와 책을 읽고 연구할 시간이 없다. 사람들을 많이 만나니 깊이 없는 정보는 넘쳐난다. 그런 가운데 정책을 만들어내니 이권에 휘둘리는 정책, 일관성 없는 정책이 나온다. 구태의 정치가 계속된다.

이를 극복하기 위해서는 새로운 정신을 가진 청년들이 정치에 진출해야 한다. 이권이나 당리당략에 휘둘리지 않는 곧고 깨끗한 정신과 안목으로 현실을 똑바로 보고 꼭 필요한 정책들을 창조하고 수행할 수 있어야 한다. 청년들에 의한 새로운 정치, 구태를 벗어난 정치가 나타나야 한다.

유럽 선진국 정치인들의 서민적인 모습과 전문성, 연구자적 자세, 대화와 설득을 통해 갈등을 풀어 가는 집단적 지성의 모습은 기성 정치인들에게서 기대하기 어렵다.

이제 우리 청년들이 나서야 한다.

정치는 '친구 관계'를 유지하는 것이다

정치를 더러운 것, 피해야 할 것으로, 또는 돈 많은 특정 엘리트나 권력자들만이 할 수 있는 특수 영역이라고 보는 시선이 팽배해 있다.

그러나 정치는 시대의 집단적 지성을 창조하는 고도의 이성적 과정이며 그 집단적 지성을 구현하는 능력으로서, 집단적 지혜를 창조하고 구현하는 최고의 기예(art)이다.

중국 춘추시대 당대 최고의 지성이었던 공자는 자신의 사상과 이상을 당대의 정치에서 구현할 것을 꿈꾸면서 정치 권력자들을 설득했다.

공자는 '인의예지'를 강조했는데, 그중에서도 '예'는 사람들 사이의 관계를 강조한 것으로, '예'를 지킨다는 것은 사람 사이의 관계를 친구 관계로 유지하라는 것이었다.

친구란 서로 자유롭고 예속되지 않으며, 상호 독립적이면서 상통하는 대등한 존재이다. 친구 관계를 유지할 때 합의와 공감을 이룰 수 있다.

친구 중에는 뜻이 잘 맞는 친구도 있고 잘 안 맞는 친구도 있다. 정치에도 다양한 의견과 입장으로 나뉜 정파들이 있어서 의견이 맞기도 하고 서로 갈리기도 한다. 그러나 최소한 서로를 인정하고 '예'로 교유하는 것, 그것이 친구 관계다.

정치인은 착하거나 정의롭지 않을 수도 있다. 공공의 선보다 자신들의 정파적 이익을 우선으로 하는 경우도 있다. 그러나 정치가 성립되려면 최소한의 '예'는 있어야 한다. 그것이 대화와 협상과 합의의 정치를 가능하게 한다.

대화와 합의는 한 사회의 집단적 지성을 창출할 수 있는 가장 적합한 수단이다. 그런 의미에서 '예'가 정치에 가장 필수적인 덕목이다.

우리나라 정치의 가장 큰 걸림돌 중의 하나는 대화와 합의의 정치를 가로막는 극단적인 분열이다.

어느 나라에나 근본주의자들은 있지만 한국에는 어느 나라 못지않게 타협과 소통을 모르는 근본주의자들이 존재한다. 일제 식민지 경험, 전쟁과 남북 분단, 냉전 시대, 독재 시대의 경험 등이 우리 사회의 구성원들 사이에 극단적인 분열과 대립을 가져왔고, 그 속에서 극단적인 근본주의가 자라나왔다.

촛불 집회와 태극기 집회에서 나타나는 극단적 정치적 대립을 볼 때, 우리 정치의 앞길이 험난하리라는 우려를 금할 수 없다.

정치인은 착하거나 정의롭지 않을 수도 있다.
공공의 선보다 자신들의 정파적 이익을
우선으로 하는 경우도 있다.
그러나 정치가 성립되려면
최소한의 '예'는 있어야 한다. 그것이
대화와 협상과 합의의 정치를 가능하게 한다.

오늘날 소통의 도구로 많이 이용되고 있는 유튜브 방송에서도 이러한 대립적 담론들이 난무한다. 그러나 그것을 두려워할 필요는 없다. 거기서 생성되는 담론들도 결국 공공적 토론의 재료가 되기 때문이다.

정치는 소통할 수 있는 공중과 그것을 대표하는 정치인들의 장이다. 근본주의자나 분파주의자들은 공공적 대화와 소통의 자리에 들어서기를 거부하는데, 이들을 두려워할 필요도, 이들 때문에 정치를 피할 이유도 없다.

모든 어려움 속에서도 대화와 타협의 소통의 정치는 계속 성장하고 발전해 가야 한다. 그 소통의 장에 청년들이 뛰어들어 배우고 성장해 나가야 한다.

진정한 정치인의 모습 보여준 고 제정구 의원

마지막으로 돈 없이도 정치를 잘 한 고(故) 제정구 국회의원의 이야기를 해볼까 한다.

제정구는 나이 들어 대학에 입학해 당시 한창이던 학생운동에 참여했다가 민청학련 사건으로 감옥에 들어가 1년쯤 고생했다.

그는 감옥에 들어가기 전부터 판자촌에 들어가 빈민을 위한 야학 공부방을 운영하기도 했는데, 이후에도 판자촌 이웃인 엿장수, 넝마주이, 단무지 행상 등을 따라 다니며 생계를 이어갔다. 평생 동지이자 정신적 지주였던 예수회 사제 정일우 신부를 만난 것도 거기서였다.

그는 양평동 철거민 투쟁, 시흥 소래면 철거민 마을 '복음자리 마을' 건설 등 빈민들을 위한 일에 앞장서다, 1987년 국민항쟁과 대통령 후보 단일화 실패 후 정치에 입문한다.

그런 그였으니 돈이 있을 리 만무했다. 그는 국회의원이 된 뒤 소장 의원들 중심으로 '희망연대'를 조직하고 '깨끗한 정치를 위한 자정 선언'을 주도했다.

의원 시절 그의 중고 프린스 승용차는 동네에서 가장 좋은 차였지만, 의원회관에서는 가장 허름한 차였다.

그가 정치를 시작한 1987년은 유엔이 정한 '무주택자의 해'였지만, 한국에서는 올림픽을 위한 겉치레 개발로 가장 잔인한 도시 철거가 자행됐었다는 구절이 그가 쓴 에세이에 나온다.

그가 정치를 시작한 것은 도시빈민의 권익을 대변하기 위해서였다. 그런 그에게 정 신부가 붙여준 별명이 '걸레'였다. 하기 힘든 일, 사람들이 하기 싫어하는 일들을 나서서 처리해 낸다는 뜻이었다.

그런 그의 모습이 진정한 정치인의 모습이 아닌가. 나는 그렇게 생각한다.

경제가 살아나야 한다

100명 중 대기업에 채용되는 것은 2.8명,
중소기업에 취업하는 것은 16.7명이라는 얘기다.
그렇다면 나머지 80명에 해당하는 젊은이들은
어떻게 되는 것일까?
이래서 요즘 젊은이들은 평생 동안
직장을 못 가질 확률이 높아졌다는 얘기가 나온다.

'경제'라는 말에는 원래 윤리적 의미가 담겨 있었다

다른 것은 잘 못하더라도 경제만 살려 놓으면 정권이 오래간다는 말이 있다. 미국의 트럼프나 일본의 아베 정권이 그 속설을 증명해 주고 있다.

그들은 많은 비판을 받으면서도 국민 과반수의 지지를 받고 있다. 경제 문제는 그만큼 핵심적이다.

나라만이 아니라 개인의 삶에서도 경제는 핵심이다. 금수저, 은수저, 흙수저라는 말이 유행하는 것은 타고난 경제 환경이 그만큼 중요하다는 것을 보여준다.

시장경제는 돈 없는 사람에게 야박하다. 신용 나쁜 사람의 대출 이자율은 신용 좋은 사람의 이자율보다 높다. 돈이 많은 사람은 낮은 이율로 돈을 빌릴 수 있다. 윤리적으로 봤을 때 그 반대가 되어야 할 것 같지만 현실은 그렇지 않다.

상환능력이 이자율을 결정하기 때문이다. 돈이 없으면 상환능력이 떨어지니 그 리스크 비용을 이자에 더하는 것이다.

자본주의 사회에서는 이렇게 시장의 원리와 윤리의 원리가 일치하지 않는다.

경제란 살림살이이다. 한 나라의 살림살이, 가족의 살림살이, 개인의 살림살이가 모두 경제이다.

경제의 영어 단어 '이코노미(economy)'는 그리스어 '오이코노미아(oikonomia)'에서 유래했는데, 이 말은 오이코스(oikos, household, 집)와 노모스(nomos, 규범, 법)가 합쳐진 말이다. 이 세상을 하나의 집으로 보고, 그 안에 있는 다양한 주체들, 즉 국가, 가족, 기업, 단체들에 의한 재화와 서비스의 생산, 분배, 거래, 소비가 일어나는 영역(area)을 경제라고 본 것이다.

여기서 '오이코스'는 집, 가족이라는 의미를 갖고 있는데, 경제의 운영은 가족적인 관점에서 운영되어야 한다는 의미를 담고 있다. 가족 안에 굶주리거나 찬 데서 자는 사람이 없어야 하는 것처럼 사람들을 가족처럼 배려해야 한다는 뜻이다.

이렇게 볼 때 '노모스'는 단순히 규범이나 법만이 아니라 윤리와 도덕도 가리킨다. 경제에는 윤리와 도덕이 있어야 한다는 뜻이다.

평생 동안 직장을 못 가지는 젊은이도 많아진다

그렇다면 청년의 관점에서 볼 때, 가장 시급한 경제 문제는 무엇인가?

2030 청년들에게 가장 시급한 것은 일자리 문제이다. 어떤 직장에서 일할 것인가? 무엇으로 먹거리를 해결할 것인가?

물론 가슴이 시키는 일, 가슴 뛰게 하는 일을 찾아야 한다. 그러나 그것이 쉽다면 얼마나 좋겠는가. 문제는 그런 일들이 별로 없다는 것이다. 일자리 자체가 없다. 이런 상황에서는 차선을 택할 수밖에 없다. 눈높이를 낮추어 일자리를 찾고, 그 일을 통해 사회에 진입하는 것이 중요하다. 그러는 한편 자기계발을 계속하면서 가슴 뛰는 일을 향해 자리를 옮길 기회를 엿보는 것이다. 이것이 일반적인 룰이다.

우리 경제의 큰 특징은 대기업 중심이라는 점이다. 정부가 대기업 중심의 경제 발전 전략을 써왔기 때문이다. 그 덕분에 삼성, 현대, SK,LG 등 대기업들은 세계적 수준의 기업으로 발전했다.

대기업은 통상 종업원 300명 이상의 기업을 말하는데, 그 수는 전체 기업 수의 0.3%에 해당한다. 고용은 전체 고용의 20.1%를 차지한다. 대기업의 영업이익은 전체의 64%가 넘고, 매출액도 전체의 50%에 가깝다('2018년 기준 영리법인 기업체 행정통계 잠정 결과')

중소기업의 현황은 9966이라는 수로 설명한다. 전체 기업의 99%가 중소기업이고, 고용률이 66%라는 뜻이다. 그런데 영업이익은 전체의 22%에 불과하다. 매출액은 전체의 37.5%이다.

대기업과 중소기업의 임금 수준은 어떤가?

2019년 통계청이 발표한 '2017년 기준 일자리 행정통계 결과'에 따르면, 대기업 근로자의 평균소득은 488만원, 중소기업은 223만원이다. 대기업과 중소기업의 임금 격차가 265만원이다. 대기업 근로자는 중소기업 근로자의 평균 임금보다 배 이상의 임금을 받고 있는 것이다.

기업체의 종사자 규모별로 보면, 300인 이상 대기업은 400만원, 50~300인 미만은 268만원이며, 50인 미만 기업체의 월평균 소득은 203만원이다. 기업체 규모에 따른 평균 임금도 이렇게 차이가 난다.

그뿐만이 아니다. 중소기업은 제공하는 복지도 대기업에 비해 현저히 열악하다. 중소기업은 '워라밸(Work-Life Balance, 일과 삶의 균형)'의 개념 자체가 없다고 한다. 직장을 위해 삶의 시간 거의 전부를 쓰는 저개발 시대의 직장 문화가 아직도 남아 있고, 이른바 '꼰대 조직'이라고 젊은이들은 비판한다. '꼰대'란 권위주의적이고 융통성 없고 고집스런 나이든 성인을 가리키는데, 이런 사람들이 특히 중소기업에 많다고 한다.

그러니 젊은이들이 대기업에만 몰리고 중소기업을 기피하는 것이 어쩌면 당연한 일인지도 모른다.

그런데 대기업의 일자리 수는 제한되어 있어서 경쟁이 극심하다. 한국경영자총협회의 '2017년 신입사원 채용실태 조사'에 따르면, 대졸 신입사원의 취업 경쟁률은 평균 35.7 대 1이다. 300인 이상인 대기업은 그것을 넘어 38.5 대 1이다. 경쟁률이 수백 대 1인 대기업도 있다.

안정적이어서 인기라는 공무원 자리도 마찬가지다. 우리나라 대학 졸업생 55만 명 중 약 30만 명이 9급 공무원 시험을 친다고 하는데,

경쟁률이 40 대 1이 넘는다고 한다.

놀라운 것은 중소기업의 취업 경쟁률도 5.8 대 1이나 된다는 점이다.

100명 중 대기업에 채용되는 것은 2.8명, 중소기업에 취업하는 것은 16.7명이라는 얘기다. 그렇다면 나머지 80명에 해당하는 젊은이들은 어떻게 되는 것일까?

이래서 요즘 젊은이들은 평생 동안 직장을 못 가질 확률이 높아졌다는 얘기가 나온다.

바로 지금 청년의 일자리를 만들어야 한다

이런 추세가 언제까지 이어질지 예측하기 어렵지만, 앞으로 다가올 변화와 관련하여 두 가지 관점의 변화가 필요하다고 본다.

첫째, 인구 문제와 관련한 일자리 찾기 관점의 변화다.

현재 우리나라의 출산율은 세계에서 가장 낮다. 부부 2인의 합계 출산율이 1명 이하가 되었다.

이런 추세라면 앞으로 일할 수 있는 인구가 급격히 감소해 가면서

한번 사회에 진입하지 못하면
나이가 들어갈수록 사회 진입이 더 어려워진다.
지금의 문제는 지금 해결하지 않으면
다른 세대도 함께 고통당하게 된다.
20년 후 인구절벽으로 일자리가 남아돌지 모른다.
그러나 그것은 그때의 일이며,
지금 문제는 지금 해결해야 한다.
지금 청년인 사람들은 지금 일자리를
가져야 한다는 얘기다.

20년 내에 저절로 일자리에 여유가 생기게 될 것이다.

일본은 최근 일손이 부족해져서 기업이 이직이나 퇴사를 원하는 노동자를 막는 '퇴사 거부' 문제가 발생하게 되었다. 글로벌 금융 위기 직후인 2016년 이후 일본후생노동성에는 해고 관련 상담보다 퇴사 관련 상담이 더 많아지고, 일손의 수요와 공급의 차이가 확대되고 있다고 한다.

우리도 비슷한 추세로 가고 있다. 통계청이 발표한 연령대별 인구 구성을 보면, 2018년 기준 40대는 850만 명, 30대는 730만 명, 20대는 680만 명, 10대는 510만 명으로 10년 터울로 인구가 줄고 있다.

지금 20대를 위해 680만 개의 일자리가 필요하다고 가정한다면, 지금의 10대가 성인이 될 때에는 일자리가 510만 개만 있으면 된다는 얘기다. 그렇다면 우리나라도 언젠가는 기업이 구직자들을 모셔가게 될 때가 올 것이다.

청년 인구가 줄어드는 것이 재앙인가 축복인가를 놓고 많은 토론이 벌어진다. 그러나 그것은 재앙도 축복도 아니다. 양 측면이 모두 가능하고, 두 가지가 함께 올 수도 있어서, 우리는 상황을 예의 주시하면서 문제를 해결해 나가야 한다.

미래에 일자리 수요가 달라진다고 해서 지금 일자리 부족을 방관하면 큰일 난다. 현재 미취업의 청년들이 나이 들어 현실 적응력이 떨어지면 노동시장으로 들어가기가 더 어려워진다. 정부와 사회는 이 문제를 놓고 고민해야 한다.

일본에는 집에 틀어박혀 사는 40~65세 히키코모리 인구가 61만 3

천명이나 된다. 히키코모리는 은둔형 외톨이(Social Withdrawal)를 뜻하는 일본어이다. 이들이 바로 청년 시절에 일자리를 못 찾고, 나이 들어서도 계속 일자리가 없는 사람들, 나가지도 않고 집안에 처박혀 지내는 성인들이다.

2019년 6월 2일 일본의 농림수산성 차관까지 지낸 사람(76세)이 직업 없이 집에서 게임하며 무위도식하는 아들(45세)을 살해한 사건이 일어났다. 그는 아들의 폭력성 때문에 살해했다고 했다. 이 아들은 아버지에게 받는 돈으로 살아가면서 부모와 주위 사람들에게 폭력성을 보였다고 한다.

일본의 취직 빙하기 세대는 35세(1984년생)부터 44세(1975년생)까지라고 한다. 일본의 버블 경제 붕괴 후 기업들이 채용을 줄인 1990년대 중반에서 2000년대 중반에 사회에 진출한 세대를 가리킨다. 이 세대의 약 22%인 371만 명이 비정규직과 아르바이트 직으로 생계를 꾸리고 있다.

한국에도 이런 은둔형이 많아지고 있다. 방치해 두면 경제·사회 문제로 확대된다.

한번 사회에 진입하지 못하면 나이가 들어갈수록 사회 진입이 더 어려워진다. 지금의 문제는 지금 해결하지 않으면 다른 세대도 함께 고통당하게 된다.

20년 후 인구절벽으로 일자리가 남아돌지 모른다. 그러나 그것은 그때의 일이며, 지금 문제는 지금 해결해야 한다. 지금 청년인 사람들은 지금 일자리를 가져야 한다는 얘기다. 그래야 결혼도 하고 출산도 할 수 있다. 방치하면 대가 끊기는 세대가 된다. 청년들이 일자리를 가질 수 있도록 정부와 사회, 가족이 모두 협력해야 한다.

정부와 기업과 지자체는 다양한 서비스직과 블루오션 지대에서 만들어 낼 수 있는 일자리를 최대한 늘려야 한다. 재정을 일자리 만드는 데 써야 한다. 그래서 일자리가 없어 집에 틀어박혀 있는 젊은이들이 없도록 해야 한다.

정부와 지자체가 솔선해서 청년 프로그램을 많이 만들어야 한다. 기존의 프로그램들은 일자리와 연결되지 않는 경우가 많다. 젊은이들이 사회 참여를 하고 사회에서 생활비를 버는 경험을 하여 이 사회의 일원으로 당당히 서도록 도와야 한다.

한편 청년들은 대기업 편중에서 벗어나 보다 넓은 안목으로 일자리를 찾아야 한다. 내가 회사를 바꾸고 문화를 바꾼다는 주체적인 자세로 솔선하여 사회에 뛰어들어 일자리를 찾아야 한다. 그 안에서 배울 것은 배우며 사회의 생산성을 위해 기여하다 보면 사회가 바뀌는 날이 온다.

기계가 노동을 대체하게 될 미래,
이제 다른 종류의 일이 필요하다

둘째, 노동 시간에 대한 관점의 변화다.

앞으로는 평균 노동시간이 줄면서 그만큼 일자리가 늘어날 가능성이 많다.

노동시간이 줄어들면 생산이 줄고 따라서 수입이 줄어들 것이라 우려하는 이들도 있다.

그러나 이미 인공지능과 로봇이 인간의 노동을 대체하기 시작한 현실에 노동시간 단축 논란은 이미 실효성을 잃고 있다는 지적도 있다.

앞으로는 주 5일 근무에서 4일 근무로 줄어들 수도 있고, 하루 노동 시간이 8시간에서 6시간으로 줄어들 수도 있다. 영국의 뉴이코노믹재단(NEF)은 "1주일에 21시간만 노동해야 한다"는 제안을 내놓기도 했다. 하루 5시간씩 매주 4일만 일하면 되는 셈이다.

컴퓨터, 자동화, AI, 로봇 등의 과학기술이 일에 더 많이 적용되면서 노동 생산성이 높아지고, 인간 노동의 필요성은 현격히 줄어들기 때문에 나오는 주장들이다.

이런 현상이 확산될 때를 대비하기 위해서는 개개인이 자기 계발에 투자할 수 있는 시간이 늘어야 한다. 그때가 되면 지금과는 다른 종류의 일들이 생겨날 가능성이 많고, 또 그래야 하기 때문이다.

그런 사회로 가는 과정에서는 노동시간을 줄여 그만큼 다른 사람들과 일자리를 나누는 것이 바람직하다.

그렇게 해서 남는 시간에 자기 계발이나 건강에 더 투자하거나 취미생활을 할 수 있고, 더 많은 시간을 가족과 함께 지낼 수 있다.

지금까지의 인류가 돈 버는 기계로서의 '노동하는 인간(homo

laborans)' 혹은 '탐욕적 인간(homo avarus)'이었다면 앞으로는 '삶과 문화를 즐기는 인간(homo ludens, 호모 루덴스, man the player)'으로 변하게 될 것이다. 그러면 일자리를 위한 처절한 경쟁에서 벗어날 수도 있을 것이다.

즐기는 인간, 호모 루덴스는 외적으로는 검약을 실천하는 인간이다. 하지만 내적으로는 충만한 삶을 살 수 있다.

이런 변화는 전반적인 삶에 대한 의식 변화와 직결된다. 이것은 물질만능과 탐욕을 넘어선다는 면에서 윤리적이며, 이런 변화를 염두에 둘 때 새로운 일자리를 창출할 수 있는 안목도 열릴 것이다.

청년들의 생활 안정을 위해 더 많은 사회복지가 필요하다

우리 경제는 전형적인 수출 의존형이다.

수출과 해외 시장에 의존하는 경제는 외부 충격에 약하다. 그러므로 우리나라의 경제가 안정적이 되기 위해서는 내수 시장을 강화할 필요가 있다.

그러나 지금 우리 경제는 내수 시장이 계속 약화돼 가고 있다. 저출산으로 인구가 감소하면서 내수 시장이 축소되고, 여기에 더해 양극화의 심화 등이 경제에 큰 걸림돌이 되고 있다.

우리나라는 OECD 국가들 중 가장 심한 저출산 국가가 되었고, 이제는 합계출산율이 1 이하로 떨어지고 있다. 경제활동인구가 줄게 되면 은퇴자들을 부양할 수 없게 된다.

지금의 인구 규모를 유지하기 위해서는 대체 출산율(합계 출산율 2.1명)로 복귀해야 하는데, 그러기 위해서는 젊은이들이 결혼하여 가정이 안정되어야 한다. 이를 위해 청년들과 청년 부부의 일자리 정책과 공적 부조를 포함한 사회복지 정책 마련이 시급하다. 그리고 사회복지 자금을 마련하기 위해서는 조세부담률을 상향해야 한다.

현재 우리나라의 조세부담률은 OECD 국가 평균보다 약 5% 가량 낮다. 2018년도에 OECD 국가 평균은 국민소득의 25%인 데 비해 우리나라는 20% 정도였다. 그에 비해 2015년만 해도 덴마크의 조세부담률이 45%가 넘었고, 스웨덴은 33%, 벨기에 31%, 캐나다 27%, 미국 20% 등이었다.

OECD 주요국 조세부담률 순위

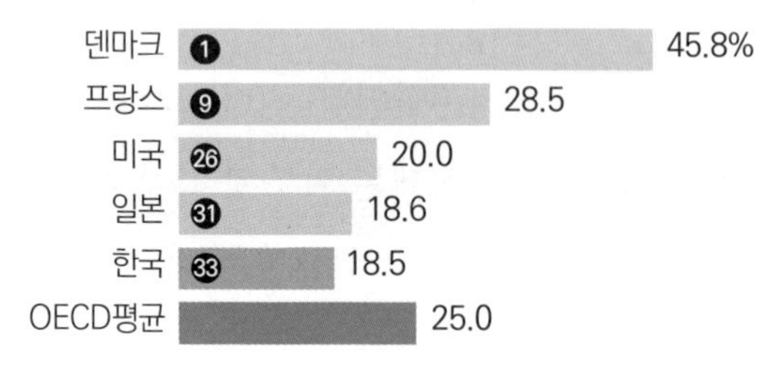

자료 : 국회예산정책처, 경제협력개발기구(OECD) 2015년 기준

조세부담률(국세+지방세)보다 좀 더 생활과 직결된 국민부담률은 조세에 사회보장기여금(국민연금보험료, 건강보험료, 고용보험료

등)을 더한 뒤 이를 그해 국내총생산(GDP)으로 나눈 값인데, 2016년 OECD 35개국 평균값이 34.2%로 한국의 26.3%보다 7.9%포인트 높았다. 이것으로 우리나라는 '저부담 저복지' 국가로 분류된다.

우리나라가 스칸디나비아의 노르딕 국가들(덴마크, 노르웨이, 스웨덴, 핀란드, 아이슬란드)처럼 '고부담 고복지' 국가로 가는 것은 불가능한가? 분명히 가능하며, 그것은 우리 시민들이 마음먹기에 달려 있다.

그러기 위해서는 먼저 사회윤리의식을 높이고, 함께 행복해야 모두가 행복할 수 있다는 연대의식을 높여야 한다. 국민 모두의 복지를 위해 모든 사람이 세금을 내는 것에 대해, 특히 부자들이 더 많은 세금을 내는 것에 대해 거부감이 없도록 사회연대의식을 높여야 한다.

정부당국과 학계가 확인하고 있는 것처럼, 한국의 공공사회복지 지출은 OECD 국가들 중에서 최하위이다. 우리나라가 GDP 대비 복지 지출이 10% 정도일 때, 유럽은 우리의 2~3배를 지출한다. 우리의 복지 지출은 10.4 %인 데 비해 프랑스는 31.5 %, 덴마크 28.7 %, 독일은 25.3 %를 배당하여 지출하고 있다(2018년 기획재정부 국정감사 자료).

이제 우리도 복지 지출을 더욱 늘려서 절망과 극단적인 대립을 뒤로 하고, 안정된 삶, 행복한 삶을 추구하는 사회를 만들어야 한다.

이를 위해서는 공공사회복지 지출의 증가와 함께 경제 활성화가 이루어져야 한다.

한국 경제가 미래지향적으로 역동적이고 강력한 것이 되려면 대기업의 수를 더 늘리면서, 다른 한편 중소기업과 벤처들이 중견기업으로 발전할 수 있도록 길을 터주고 정책적으로 도와줘야 한다. 이들 기업이 자신들의 창조적 선도성과 기술의 원천성을 가지고 선진국의 뒤를 따라가는 모방경제나 추격경제가 아니라, 창조적 선도경제를 이끌어 나가도록 도와줘야 한다.

그러기 위해서는 젊은이들도 안전 위주의 공무원 시험에 응시하는 풍토에서 벗어나 창업 등 창조적인 도전을 감행할 수 있어야 하며, 그럴 수 있는 여건 조성을 위해 국가는 이들이 기본적인 생활에 대한 걱정을 하지 않을 수 있도록 제도와 인센티브를 마련해야 한다.

상위 0.1%가 중위소득자의 31배를 버는 세상
양극화 해소가 경제 정책의 핵심이 되어야 한다

우리나라는 1인당 국민소득이 3만 불이 넘었지만 양극화는 더욱 심해지고 있다.

국세청의 2017년 '귀속 근로소득 천분위' 자료를 분석한 결과에 의하면, 상위 0.1%(1만8천5명)가 연평균 8억 871만 원(월평균 6천 739만원)을 번 데 비해 소득이 딱 중간인 50% 구간(중위소득)의 근로자들은 연평균 2천 572만원(월평균 214만원)을 벌었다. 하위 22%에 속하는 414만 1천 273만 명은 연평균 628만 원을 벌었다.

상위 0.1%가 중위소득자가 한 해 동안 버는 소득의 3배를 한 달에 벌고, 하위 소득자가 한 해 동안 버는 소득의 10배를 한 달에 벌고 있는 셈이다.

이런 현실은 극단적인 대립의 원인이 되기도 한다.

극단적인 대립은 서울 광화문 대로에서 자주 볼 수 있다. 우리 사회는 대립과 불통의 사회로 진입한 지 이미 오래되었다.

몇 년 전에 있었던 쌍용자동차 해고 노동자 사건만 해도 그렇다. 2009년 4월 쌍용자동차는 경영 악화를 이유로 인력 감축안을 발표했고, 노조는 이를 반대하여 76일간의 파업으로 맞섰지만, 경찰에 의해 강제 진압되었다.

그리고 9년이 흘렀다. 그 기간 중에 쌍용자동차 해고 노동자들과 가족 30명이 스스로 목숨을 끊거나 병으로 죽었다. 그리고 9년 만에 마지막 해고자까지 전원 복직되면서 사건이 종료되었다.

우리나라에서 직장에서의 해고는 사형선고나 다름없다. 그래서 해고되면 살아남기 위해 죽기 살기로 싸운다. 우리는 이런 모습을 자주 보고 있다. 싸움도 극단적으로 하지 않으면 아무도 관심을 가져 주지 않는다. 이처럼 우리 사회는 비정한 사회가 되어 버렸다.

2명의 파인텍 노동자도 지상 75미터의 목동 열병합발전소 굴뚝에서 세계 최장 426일의 고공농성(2017년 11월~2019년 1월)을 하고 나서야 타협이 이루어졌다.

노동자나 사회적 약자들을 보호할 수 있는 제도가 제대로 마련되어 있지 않은 것도 한 원인이다. 그러니 싸우면 극단으로 치닫게 된

지금까지는 주로 기업의 이윤 증대를
통해 경제 성장을 이루면
거기에서 파생되어 일자리가 창출되는
선순환이 이루어진다고 했지만,
이제 그러한 선순환은 더 이상 일어나지 않는다.
4차 산업화 시대에는 더욱 그러할 것이다.
이를 극복하기 위해서는
인위적인 펌프질이 필요하다.
바로 사회적 합의에 기반을 둔
일련의 복지 프로그램이다.

다. 뒤로 물러나면 죽을 수밖에 없다는 강박감에 시달리는 것이다.

우리 사회에 만연한 극단적 대립과 좌절을 줄일 수 있는 방법은 뭘까?

먼저 대립의 원인을 보자. 두 가지로 생각해 볼 수 있다.

첫째, 대립의 근원에는 양극화가 있다. 다양한 영역에서 기득권자와 소외된 자 사이의 갭이 커지고 양극화가 심화되어 대립을 불러일으킨다.

금수저들은 훨훨 날고 꽃길을 걷는데, 흙수저임을 자처하는 많은 청년들은 계층상승의 꿈을 접고 이생망(이번 생애는 망했다)의 절망에 빠져 있다. 이는 양극화의 고착에서 비롯되는 것으로, 결국은 대립을 불러 일으킬 수밖에 없다.

둘째, 대립과 갈등을 완화하고 대화와 타협을 가능하게 할 제도적 장치가 없다. 지난 수십 년 사이에 급속한 압축 성장을 이룬 우리나라는 이러한 체제를 만들 시간적 여유를 갖지 못했다. 그러다 보니 극단의 사회가 되어 버렸다. 이제 새로운 한국에서는 이러한 극단과 대립을 줄여 나가야 한다.

양극화는 대립의 원인이므로 양극화를 줄여 나가고, 다른 한편으로는 사회적 대화와 타협을 위한 제도적 장치를 마련해야 한다. 특히 양극화를 해소할 방안을 마련하는 것이 경제정책의 핵심이 되어야 한다.

경제 성장에 의한 선순환이 이루어지던 시대는 지났다

2019년 2월 13일 보도에 의하면 통계청 산출 실업률이 1월에 4.5%로 9년 만에 최고점을 찍었다. 정부가 일자리 창출을 위해 노력을 하고 있지만 일자리는 쉽게 늘지 않고, 특히 제조업의 일자리가 줄어서 실업률을 높였다.

그런데 같은 날 보도에 의하면 소득세와 법인세가 모두 증가하여 전년보다 20조 원이나 더 걷혔다. 상장법인들의 영업이익이 늘어서 법인세가 는 것이다. 소득세는 정규직 고소득자들이 주로 내는 것이므로 고소득자들의 소득이 늘었다는 것을 의미한다.

이처럼 역대 최대의 세금이 걷혔지만, 일자리가 줄고 실업률이 높아졌다. 이것도 우리 사회 양극화의 한 양상이다.

세금이 많이 걷히는 바람에 공적 부조로 쓸 수 있는 돈이 많아졌지만 좋은 일이라고만은 할 수 없다. 대기업을 포함한 경제적 상층부는 잘 나가고 있는 데 반해 그 외의 수많은 사람이 무기력하게 실직 또는 반실직 상태에서 헤어나오지 못하는 양극화의 늪에 빠져 있기 때문이다.

이러한 추세는 산업이 자동화·지능화되면서 더 심해지고 있다. 이러한 상황에서 문재인 대통령은 2019년 2월 19일 사회복지 프로젝트를 통한 업그레이드된 포용국가 청사진을 내놓았다. 2022년이 되면 한국 국민은 누구나 기본 생활을 걱정 없이 영위할 수 있도록 복지의 틀을 만들겠다는 것이다. 서울시에서도 청년들에게 소득과 관계없이 50만 원의 청년 수당을 지급하는 정책을 검토하고 있다.

대한민국이 보편적 복지 국가로 전환하려고 노력하고 있다. 대통령은 우리나라의 모든 사람이 기초생활을 넘어 기본생활을 할 수 있도록 국가가 보장해야 하고, 또 그렇게 할 수 있는 수준으로 경제가 발전했다고 말했다. 그리고 복지를 통한 포용국가로서 '세계의 모범'이 될 수 있다고 자부했다.

대통령도 언급했듯이 우리는 맨손으로 성공한 나라이기 때문에 앞으로 노력하면 온 국민이 기본생활을 누릴 수 있는 미래를 창조할 수 있을 것이다.

그러나 현실은 아직 힘들기만 하다. 우리나라의 저소득층은 공공부조를 받으면서도 소득은 오히려 줄고 있다. 정부의 복지 지출은 늘고 있지만 일자리를 통한 수입이 줄어들어 소득이 감소하고 있는 것이다.

그런 점에서 오늘날 한국의 사회 정책은 일자리를 만들어 주는 것을 최우선으로 해야 한다.

일자리를 만들기 위해서는 다양한 조치가 가능하지만 그중에서도 중요한 것은 경제가 성장해야 한다는 것이다. 기업이 잘 돼서 투자가 일어나면 일자리가 많아지고 이것은 다시 경제 성장에 기여하게 된다. 이처럼 선순환이 이루어질 때 나라는 안정된다. 정부는 이러한 선순환이 잘 일어날 수 있도록 정책을 펴야 한다.

그런데 문제는 이제 그런 선순환이 일어나기 어려워졌다는 점이다. 소위 4차 산업혁명 시대가 도래하면서 일자리 수가 늘어나지 않고 있다. 인공지능(AI), 빅 데이터, 로봇, 자동화가 사람의 일을 대체하고, 사람의 노동은 이들의 등장과 발전에 발맞추기 어려워지고 있다. 기술 발전에 적응하는 것뿐만 아니라, 그것을 활용하기 위한 노동 능력의 업데이트도 점점 더뎌지고 어려워지고 있다.

경영학자 찰스 핸디(Charles Handy)는 저서 『코끼리와 벼룩』에서 "신기술의 변화는 35세가 되기 전까지는 우리를 흥분시키는 데 반해 35세 이상에겐 당황하고 난처하게 만든다"고 썼다.

인간은 나이가 들수록 신기술을 따라잡는 노력, 경비, 시간이 늘어난다. 그런데 신기술을 장악하기 위해 자기 계발을 하려면 그 기간 동안 생활비, 교육비가 든다. 재교육을 받고도 좋은 직장을 얻지 못할 수도 있다. 많은 사람들이 이러한 부담 때문에 처음부터 포기한다. 경제 성장과 취업의 증가가 동시에 일어나는 선순환이 무너지고 있다.

그러면 어떻게 선순환의 흐름을 복원할 수 있을까?

지금까지는 주로 기업의 이윤 증대를 통해 경제 성장을 이루면 거기에서 파생되어 일자리가 창출되는 선순환이 이루어진다고 했지만, 이제 그러한 선순환은 더 이상 일어나지 않고 있다. 4차 산업화 시대에는 더욱 그러할 것이다.

이를 극복하기 위해서는 인위적인 펌프질이 필요하다. 바로 사회적 합의에 기반을 둔 일련의 복지 프로그램이다.

사회 복지를 통해 경제적 삶에 활기를 불어넣어 주어야 한다. 사회 복지는 삶이 재난 수준으로 악화된 사람들을 돕는 제도이지만, 이것은 양극화 해소와 경제의 활성화도 불러일으킬 수 있다.

지금, 청년들에게 투자해야 한다

오늘날 최하위의 행복지수를 개선하기 위해, 그리고 최고의 자살률을 극복하기 위해서라도 시급히 복지 정책을 실시해야 한다. 요즘 청년들은 2명 중 1명이 삼포 세대에 속한다고 한다. 취업을 못한 남녀는 결혼하기 어렵다. 정규직이냐 비정규직이냐 따져서 배우자를 정하는데, 제대로 된 취업자가 아니면 결혼도 하기 어렵다. 남자의 경우 더욱 그렇다.

그러나 안정적인 대기업이나 공무원의 일자리는 하늘의 별따기처럼 어렵다. 저임금의 막일을 하려면 임금이 낮고 그에 비해 일은 힘들고 위험하기까지 하다.

여기에 AI, 로봇, 빅 데이터, 자동화의 4차 산업혁명의 시대로 진입하면서 전통적인 일자리가 무더기로 사라지는데, 새로운 일자리는 조금밖에 생기지 않는다. 예를 들어 콜 센터에 근무하는 사람들이 수십만이 되는데 앞으로는 구글 등에서 운영하는 자동 응답 시스템에 의해 대체될 것이다.

자본과 기술을 가진 사람들은 덜 고용하면서 더 큰 이익을 내는 반면 가지지 못한 청년들은 직장, 결혼, 인간관계, 그리고 희망마저 포기하는 세대로 전락하고 있다.

청년만 문제인 것이 아니다. 한참 일해야 할 40, 50 세대의 실태와 실직자들의 문제도 못지않게 중요하고 심각하다. 그럼에도 청년의 문제가 왜 더 중요하고 근본적인가? 그것은 이들이 4차 산업혁명 시대의 소용돌이 안으로 진입해 들어가고 있는 세대이기 때문이다. 그리고 이들이 새로운 시대의 주인공이며 미래의 희망이기 때문이다.

미래 사회의 전망은 청년들의 창의와 소통을 통한 집단적 창의력에 의해서 가늠된다. 그러니 청년들에게 투자해야 한다. 그들이 마음껏 일할 수 있고 창조해 낼 수 있는 여건을 만들어야 한다. 그래야 이들에 의해 경제가 발전하고, 이들의 생산 활동 덕분에 은퇴 세대들도 행복을 누릴 수 있게 된다.

그러면 청년들이 좀 더 마음 놓고 창업 등 창조적 활동을 할 수 있도록 지원하기 위해서는 어떻게 해야 하는가?

그 한 방법으로 사회복지 프로그램인 기본소득 제도를 제안하고, 이어서 양성평등의 이슈를 들여다보고자 한다.

위험 사회를 막기 위해 기본소득 제도를

현재의 문제를 해결하는 가장 좋은 방법은 기본소득을 보장하는 것이다.

물론 이를 시행하기 위해서는 많은 세금이 소요되므로 국민적 합의가 있어야 하고 국회에서 여야가 합의하여 입법화하는 지난한 과정을 거쳐야 한다.

이 제도는 아직까지 시행한 나라가 없으므로 우리나라가 시행한다면 세계 선도적인 의미가 있다. 나는 한국이야말로 이 제도를 시행하기에 가장 적합한 조건에 있고, 시행의 결과가 매우 좋을 것이며 높은 성과를 이룰 것이라고 본다.

그 이유들 중 하나는 한국은 서구의 복지국가들과 달리 사회복지 제도가 제대로 갖추어지지 않은 나라이기 때문이다. 서구는 이미 사회복지가 잘 정착되어 있어서 기존의 정교한 사회복지 시스템으로 어느 정도 보완이 되기 때문에 기본소득제 자체가 불필요할 수 있다.

이에 반해 한국은 기본소득제로 사회복지의 많은 부분을 대체할 수 있어서 행정 비용이 적게 들면서 실효성이 높다.

이밖에 기본소득을 잘 시행하면 최저 임금을 급격하게 올리지 않고도 임금 상승과 똑같은 효과가 생겨 중소기업이나 자영업의 활성화에 도움이 될 수 있다.

그렇다면 기본소득이란 무엇인가?

기본소득에 대해서는 사람마다 다소 다른 정의를 내리고 있어서 한마디로 정의하기는 어렵지만, 통념적으로 말해 기본소득은 선별소득보장과 다르게 "자격 심사 없이 모든 사람에게, 개인 단위로, 노동 요구 없이 무조건 전달되는 정기적인 현금 지급"이라고 할 수 있다.

재산이 많고 소득이 높은 사람들까지도 기본소득을 주고 이것을 세금(네거티브 소득세)으로 더 환수하면 징세 효과까지 있어서 문제가 없다고 기본소득 이론가들은 주장하고 있다.

기본소득을 보장하려면 그만큼 세금도 많이 거둬야 한다. 고소득자, 자산가들에게도 기본소득을 현금으로 지급한다는 것은 이치로나 정서상으로나 맞지 않지만, 네거티브 소득세율을 이들에게 적용한다는 조건하에서 그렇게 한다는 것이다.

모든 사람에게 조건 없이 현금을 지급한다는 점에서 이는 기본소득의 보편적 보장이라고 할 수 있다. 그러나 나는 그보다는 제한적 보장을 주장한다. 모든 이에게 기본소득을 보장하고 그것을 다시 세금으로 거둬들이는 것이 아니라, 처음부터 자격을 정해서 필요한 사람들에게 기본소득을 보장하는 것이다.

기본소득을 지불하면 사람들이 구직 활동을 하지 않고 여기에 의존하는 부작용이 있을 수 있다. 그럼에도 이를 보장할 경우, 수혜자들이 좀 더 창조적인 일, 특히 창업에 몰두할 수 있어 혁신 경제를 이끄는 데 도움이 된다. 그리고 수혜자에게 큰 안정을 준다. 이뿐 아니라 저임금 노동자들에게 기본소득을 보장하게 되어 중소기업들이 혜택을 받을 수 있게 된다.

일을 하지 않는 사람들에게는 차등 지급하여 패널티를 가하면, 일자리를 찾게 하는 유인책이 될 수 있다. 일을 하는 사람들 중 일정한 액수 이하의 임금을 받을 경우 이를 보전해 주는 방식이다. 예를 들어, 기본소득을 월 180만 원이라고 가정할 경우, 어떤 개인의 평균 월급이 120만 원일 경우 그 차액 60만원을 정부로부터 지원 받는다. 그러나 직장이 없어 임금이 없는 경우는 미니멈으로 월 40만원을 지급한다.

소득은 노동의 결과이므로, 노동을 하지 않는데도 소득을 지불한다는 것은 시장 논리에 맞지 않는다. 그러나 오늘의 상황, 즉 4차 산업혁명으로 대기업, 특히 하이테크 기업들이 AI 등 발전된 과학기술을 활용하여 사람은 많이 고용하지 않으면서 막대한 수익을 내는 현실에서는 시장 논리와는 다른 대책이 필요하다.

예전의 대기업들은 다수의 노동자들을 고용했어도 지금처럼 큰 수익을 내지 못했다. 반면 요즘은 소수를 고용해도 큰 수익을 얻는다. 사람 대신 로봇을 사용하고, 생산 과정을 자동화·지능화했기 때문이다.

이젠 노동이 부의 원천이나 수익 창출의 원천이라고 보기 어렵게 되었다. 과학기술이 노동을 대신하여 부를 창출하고 있다.

인공지능 등의 발전에 의해서 노동을 할 수 없게 된 사람들, 무노동 계급, 혹은 '무용(無用) 계급(useless class)'이 생겨나고 있다. 일자리가 없어 노동을 할 수 없으므로 수입이 없는 사람들이 생긴다.

4차 산업혁명의 시대로 접어들면서 무수입자가 많아지면 위험한 사회가 된다. 이를 막기 위한 방안의 하나가 기본소득 제도이다.

유럽의 선진국들은 다양한 복지정책에 드는 비용을 통합하여 기본소득으로 대체하고자 시도했지만 가난한 서민들에게 돌아가는 복지 혜택이 줄어들게 되어 반대에 부딪쳤다.

그러나 우리나라처럼 복지의 사각지대인 차상위 계층이 많은 나라에서는 일정한 소득 이하의 가족이나 개인에게 기본소득 혹은 사회적 임금을 지불하는 것이 효과적이다. 아직 복지 시스템이 제대로 갖춰져 있지 않기 때문에 제한적 기본소득제도가 더 효과적인 것이다.

요즘같이 일자리가 부족한 시기에는 사람들에게 일정한 소득을 보장하지 않으면 위험 사회가 된다.

그 위험은 일자리가 없는 사람들의 삶에 위기를 가져오는 것으로 끝나지 않는다. 결국은 국가 경제가 파국으로 간다. '사람 중심'이라는 말은 이 지점에서 더욱 절실해진다.

오늘날 모든 사람에게 일자리를 마련해 주는 것은 사실상 불가능한 일이 되었다. 북서유럽 선진국들의 사례가 이를 잘 보여주고 있다. 무직자, 실직자, 저임금 노동자들에게 사회와 국가가 일정한 소득을 보장해 주어야 한다.

핀란드에서 2017년에 실직한 사람들 중 일부를 선발하여 매월 70만 원 가량을 주는 실험을 한 일이 있다. 그런데 이들 대다수는 이후 그대로 실직 상태에 있었다. 기본소득이 고용으로 이어지지 않았다는 것인데, 그 주요한 이유는 일자리 자체가 없는 구조적인 문제에 있었다.

소득이 모자란 사람에게 기본소득을 보장해 주면 임금 인상요인을 상당히 줄일 수 있을 것이다. 최저임금 인상 부분은 영세 자영업자들에게 부담이 된다. 최저임금 인상으로 가난한 영세업자들이 타격을 받았다. 만약, 능력 있는 이들로부터 세금을 거둬 기본소득을 보장한다면 중소기업이나 영세기업, 자영업에서 일하려는 사람들이 늘어날 것이다. 그렇게 되면 자영업자들이나 영세업자도 살 수 있다.

기본소득을 보장하기 위해, 고소득자들의 세율을 올리고, 저소득층에게도 세금을 물림으로써 보편적 징세로 재원을 확보하면 된다.

그리고 무엇보다 남북이 합의하여 평화 체제를 이루어 군대를 줄이고 국방비를 대폭 줄여 이것으로 재원을 마련하는 것도 추진해야 한다. 국가가 국민에게 기본소득을 보장하는 것은 국가가 국민에게 부모 역할을 하는 것과도 같다. 부모가 여유가 있으면 자식들에게 일정한 금액을 줄 수 있고, 부모가 수입이 적으면 자식에게 줄 수 있는 돈은 적거나 없다. 그런 사정을 고려해서 기본소득을 책정하면 된다.

돈 많이 버는 자식은 부모가 도울 필요가 없고, 돈 못 버는 자식에게 돈을 주는 것이 상식이다. 국민들 중 소득이 낮은 사람들에게 일정하게 부조하는 것은 참으로 필요하고 좋은 일이며, 유효소득이 발생하여 경제를 활성화시키는 장점이 있고, 이는 신뢰 시스템 구축을 위한 조건이기도 하다.

양성평등, 관념이 바뀌면 세상이 바뀐다

2030 세대가 모두 어렵지만 그중에서도 더 어려운 것이 여성들이다.

출산과 자녀 돌봄의 문제는 남녀 공동의 문제임에도 여성에게 더 직접적으로 더 큰 무게로 다가온다.

결혼한 여성은 결혼했다는 이유로 직장에서 많은 불이익과 심지어 경력 단절을 경험한다. 출산을 이유로 경단녀(경력 단절 여성)들이 많아질수록 우리 사회의 신뢰성은 떨어진다. 출산과 상관없이 여성들이 어려움 없이 직장 경력을 쌓을 수 있도록 제도적으로 그리고 현실적으로 보장해야 한다.

여성뿐만 아니라 남자도 함께 출산휴가를 받을 수 있어야 한다.

출산 휴가 제도 등과 관련한 양성평등, 육아, 모성보호 제도 등은 우리보다 일찍 이 문제를 고민했던 북유럽의 제도들을 참고하면 많은 도움이 된다. 한 언론이 소개한 스웨덴의 다음 사례는 '관념이 바뀌면 세상이 바뀐다'는 말을 실감나게 한다. 어떻게 하면 출산이 늘어나는가에 대한 대답도 여기서 찾아볼 수 있다.

> 스웨덴은 서유럽 국가 가운데서도 여성의 경제활동이 가장 활발한 나라다. 지난 2014년 현재 전일제 맞벌이 부부 비중은

68.3%로 경제협력개발기구(OECD) 회원국 가운데 가장 높다. OECD 회원국 평균은 41.9%이고, 한국은 29.4%에 불과하다. 스웨덴이 원래 이렇게 여성의 경제활동참가가 활발한 나라는 아니었다. 한스 로슬링 스웨덴 카롤린스카의학원 교수는 지난 2015년 국내서 열린 한 포럼에서 "1970년대 출산율이 급락하고 경제 성장이 둔화하면서 여성의 경제활동 참여를 늘리기 위해 전방위적 노력을 기울여야 한다는 공감대가 형성됐다"고 말했다. 그는 "그때까지 스웨덴도 임신한 여성 근로자를 해고하는 게 합법이었던 나라였다"면서 "양성 평등 정책을 강력히 추진하면서 사회가 변화했다"고 설명했다. 1964년만 해도 2.47명이었던 출산율이 1978년 1.61명까지 급락하자, 스웨덴 사회가 위기감을 갖고 대응한 결과란 얘기다.

이 가운데 핵심은 아버지도 가사와 육아에 동참하도록 제도를 설계했다는 것이다. 아니타 뉘베리(Anita Nyberg) 스톡홀름대 교수는 "스웨덴 정부의 양성평등, 일-가정 양립 정책이 실제 효과를 보기 시작한 것은 아버지의 의무 육아 휴가 제도를 도입하고서부터"라고 말했다. "단순히 보육시설을 만들고 재정 지원만 했던 초기에는 (육아에 따른 비용이 낮아지면서) 어머니 쪽의 육아 부담이 계속 늘고 가부장적인 가족 구조는 오히려 계속 유지됐다"며 "아버지 쪽의 육아 참여를 제도적으로 의무화한 것이 양성평등이 강화된 원동력"이라는 게 뉘베리 교수의 설명이다. 여성의 경제활동이 활발해지고, 일과 가정의 양립이 가능해지자 출산율도 높아졌다. 스웨덴의 출산율은 1.85명(2016년 현재)으로 OECD 평균(1.68명)은 물론, 한국(1.17명)을 크게 웃돈다. 스웨덴은 여성의 경제활동참가율 제고가 출산율 증가로 이어진다는 것을 보여주는 대표적인 사례로 거론된다.

(조선비즈 2017년 9월 29일자 기사 일부)

제6장

노동이 중심이 되어야 한다

나라의 근간이 되는 힘이
그 나라의 산업에서 나온다면,
그 산업에 종사하는 노동자들이
나라의 중심을 이루는 것은 당연한 일이다.

일은 고역이며, 자기표현이며, 직업이다

인간의 활동 중에서 삶과 가장 직접적으로 관련되는 것은 일(work), 즉 노동이다. 사람은 일을 해야 생존할 수 있다.

일이 중요한 이유는 일로 먹고사는 경제적인 기반을 마련하기 때문이기도 하지만, 일로 자기 정체성과 자아실현을 이루기 때문이기도 하다.

일 즉 노동은 지적 노동과 육체적 노동으로 나뉜다. 산업이 발전하고 시대가 변하면서 일의 형태도 변천해와 지금은 지적·정신적 노동이 대세를 이루고 있다.

노동은 단순히 부의 원천이 아니다. 그것은 인간의 인격 형성, 나아가 역사 형성의 원천이 된다.

일하는 인간을 '호모 라보란스(homo laborans)'라고도 한다. 그러나 노동은 'labor'보다는 'work'의 의미로 보는 것이 좋다. 'labor'는 먹고 살기 위한 노동, 즉 고역이라는 의미를 갖고 있기 때문이다. 그래서 노동자를 'laborer'라고 부르기보다는 'worker'로 부르는 것이 좋다.

'work'의 의미에는 첫째로 고역(labor, toil)의 의미가 있다. 이것은 생활을 위해서 필요한 것을 얻기 위한 노동을 가리킨다. 둘째로는 노동의 과정과 결과로 나 자신을 만들고, 나를 표현한다는 의미가 있는데, 이것은 작업(ergon)으로서의 노동을 가리킨다. 노동의 첫 번째 의미인 labor는 소외된 노동을 가리킨다. 두 번째 의미는 소외되지 않은 노동으로, 여기에 가까운 그리스어는 ergon이다. 고역으로서의 labor는 인간의 동물적인 삶의 필요성을 채워 주는 것이고, ergon은 이것을 넘어서서 인간의 자기표현으로서의 노동(work)을 말한다. 이 두 가지 의미를 다 포함하는 노동(work)은 인간성의 표현이요, 삶을 유지시켜 주는 활동이다.

노동은 또한 직업을 가리키기도 한다. 모든 인간은 노동을 할 권리를 부여받고 있으며, 이와 함께 직업을 가질 권리를 가진다. 국가와 사회는 이러한 권리를 보장해야 할 의무를 갖고 있으며, 국민이 실업의 상태에 있을 경우 직업을 가질 수 있도록 모든 수단을 동원해 지원해야 한다.

일하는 사람 노동자는 나라의 중심이다

일하는 사람을 노동자 또는 근로자라고 부른다. 노동자는 개인일 때는 자신을 고용한 회사라는 조직 앞에서 무력해진다. 하지만 여럿이 뭉쳐 조합을 이루면 힘을 가지게 된다.

그래서 노동자들은 스스로의 인권과 권익을 보호하기 위해 노동조합(노조)을 만들었다.

노동자는 여건이 되는 대로 노조로 조직되는 것이 바람직하다. 노조는 노동자들의 복지를 증진시켜 줄 뿐 아니라 사회 발전에도 도움이 된다.

물론 많은 사람들이 우려하듯이, 노동조합이 기업의 상황을 고려하지 않고 자기 이익을 무리하게 요구할 경우 기업의 생존 자체가 위태로워질 수 있다.

노동이 일방적으로 자본을 통제해서도 안 되지만, 자본이 노동을 일방적으로 지배해서도 안 된다. 노동과 자본 사이에 한쪽이 일방적 우위를 점하지 않게 잘 조정되어야 한다.

노사 간에 대등한 대화가 필요하며, 정부가 이 대화에 참여하여 대화가 원활하게 합의로 이어질 수 있도록 도와야 한다.

과거 군사정권 하에서는 국가가 노조를 불법화하고 탄압하기도 했다. 그 영향으로 지금도 노조를 불온시하는 풍조가 남아 있다.

그러나 노조는 사회가 발전하기 위해 필요한 조직이다. 이제는 노동자들이 많이 조직화되는 것이 국가를 위해서도 유리하다는 인식이 널리 퍼져 있다.

소득 분배를 놓고 노사정(노동, 사용자, 정부)의 합의가 가능해질 수 있고, 이를 통해 국가 경제를 좀 더 체계적으로 운영할 수 있기 때문이다.

노동자들은 노조 활동 경험을 통해 나라의 인재로 성장할 수 있고,

이들이 사회 정책을 만드는 일에 참여할 수 있으며, 국회에도 진입해 정치에 참여할 수 있다.

나라의 근간이 되는 힘이 그 나라의 산업에서 나온다면, 그 산업에 종사하는 노동자들이 나라의 중심을 이루는 것은 당연한 일이다.

노동조합, 이제는 바뀔 때가 되었다

한 나라의 경제 수준은 그 나라의 노동자들이 얼마나 잘 사느냐, 고용률이 얼마나 높으냐로 가늠할 수 있다. 노동자의 고용률이 높고 잘 살아야 내수 시장이 활성화되어 경제 성장도 이루어진다.

노동자들이 잘살 수 있으려면 노조 조직률이 높아져야 한다.

우리나라의 경우, 대기업과 공공부문의 정규직은 대부분 노조로 조직화되어 있다. 그러나 그 외의 중소기업 노동자들은 노조 조직률이 매우 낮다.

우리나라 노조 조직률은 2017년에 10.7%(2016년은 10.3%)로 나타났다. 2016년 기준 주요 선진국의 노조 조직률은 영국이 23.5%, 일본 17.3%, 독일 17%, 호주 14.5%, 미국 10.7% 등이다.

그에 비해 북유럽 복지국가들의 노조 조직률은 아이슬란드가 83%, 핀란드 69%, 스웨덴 67%, 덴마크 67% 등으로 우리보다 6~7배는 높다.

선진국들 중 일부 나라는 우리보다 노조 조직률이 그리 높지 않지만 여전히 우리보다는 높으며, 복지국가로 알려진 북유럽 국가들은 노조 조직률이 매우 높다.

한편, 기업의 입장에서 보면 노동의 유연화가 중요하다. 경기변동의 격랑 속에서 기업의 생존을 위해서는 때로 노동자를 해고하는 구조조정이 필요하기 때문이다.

북유럽 나라들은 그런 위기에 노조 지도자들이 선도해서 사회적 대타협을 이루고 복지국가를 형성했다.

그들은 기업의 노동 유연성 주장에 실직에 대한 사회안전망 구축을 요구했다. 그 결과 덴마크를 비롯한 북유럽 국가들은 노동 유연성을 보장하되 재교육을 통한 재취업과 실업수당 등 사회안전망을 잘 구축하고 있다. 기업은 노동자들을 해고할 수 있는 노동의 유연성을 보장받는 대신 더 많은 조세 부담을 짐으로써 사회 복지의 확대에 공헌한다.

이처럼 북유럽 국가들의 노조는 사회적 책임을 감당하는 역할을 하며, 나아가 정치권에 들어가 노동자들의 일자리 안정과 복지를 위한 정책을 펼치고 있다. 북유럽에서는 이들 노조 소속의 정책 전문가들이 안목과 경륜에서 최고 수준으로 인정받으며 나라의 발전과 노동자들을 위한 정책을 펴고 있다.

그에 비해 우리나라의 노조는 어떤가?

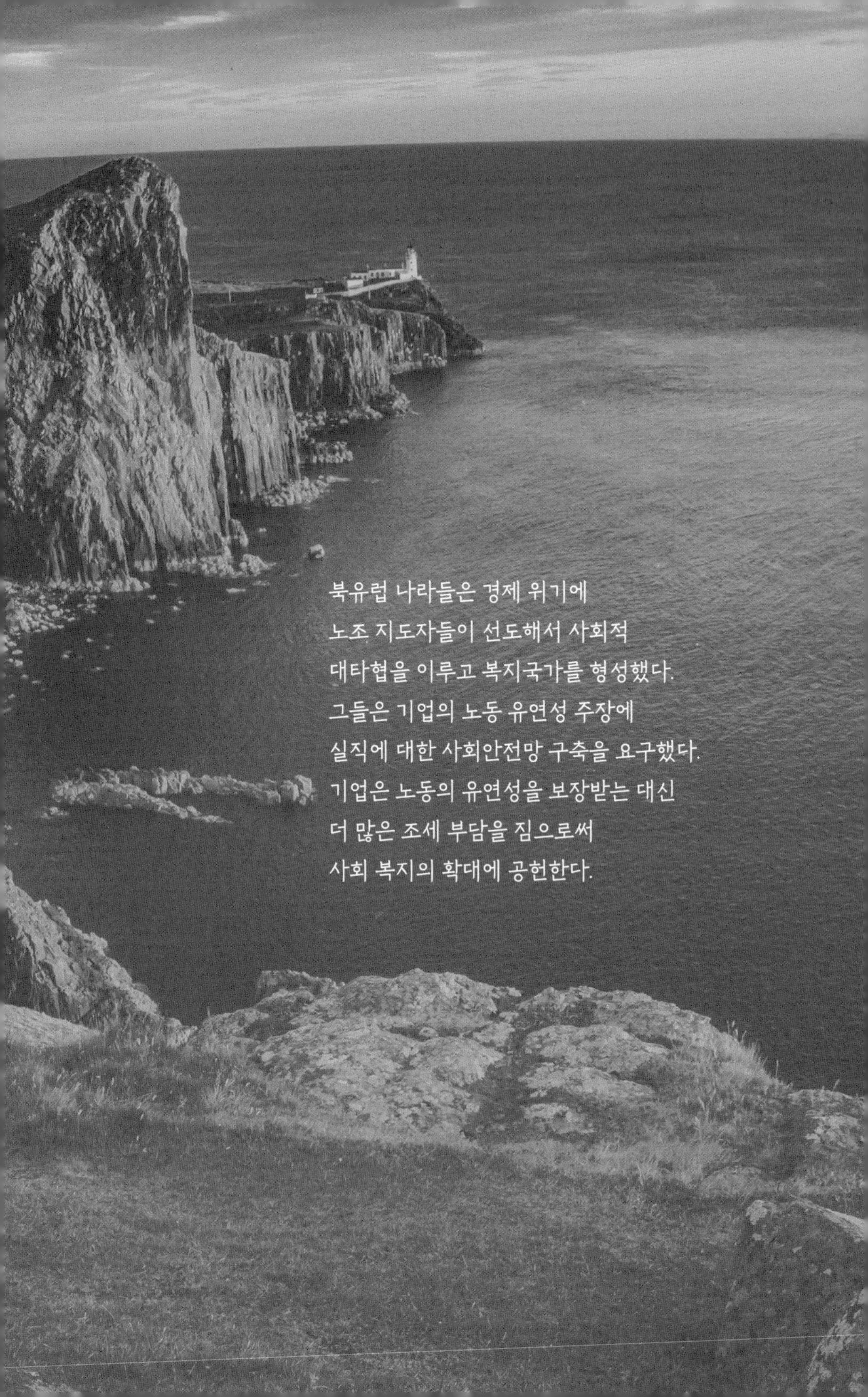

북유럽 나라들은 경제 위기에
노조 지도자들이 선도해서 사회적
대타협을 이루고 복지국가를 형성했다.
그들은 기업의 노동 유연성 주장에
실직에 대한 사회안전망 구축을 요구했다.
기업은 노동의 유연성을 보장받는 대신
더 많은 조세 부담을 짐으로써
사회 복지의 확대에 공헌한다.

우리나라의 노조를 생각할 때 먼저 떠오르는 이미지는 머리에 붉은 띠를 두르고 구호를 외치며 농성하는 모습이다. 일은 하지 않고 극한 투쟁하는 모습도 떠오른다. 노조가 들어서면 회사가 망한다는 편견도 있다.

무엇보다 이런 노조에 대한 선입견을 노조 스스로 바꾸어야 한다. 노조는 회사를 갉아 먹는 존재가 아니라, 회사 발전에 결정적인 기여를 하여 기업과 노동자들이 함께 시장의 경쟁에서 살아남을 수 있게 하는 존재로 인식이 바뀌어야 한다.

노조는 경기가 어려울 때 중요한 역할을 담당할 수 있다. 경기가 어려워져 기업이 위기에 봉착했을 때 노조는 기업과 함께 난관을 극복하기 위해 대화하고 협력하는 가장 중요한 파트너가 될 수 있다. 이러한 노사 간의 협력적 관계가 복지 국가를 형성하기 위한 중요한 기반이 된다.

2030 청년에게도 노조는 중요하다. 노조는 청년들의 노동 조건 등을 향상시켜 주는 든든한 배경이기도 하지만, 나아가 청년들의 정치적·정책적 역량을 강화하는 교육의 장이 될 수도 있기 때문이다.

폭스바겐에서 배운다

시장경제는 경기 변동에 영향을 받기 때문에 경기가 좋을 때는 고용이 높아지고 안 좋을 때는 고용을 줄일 수밖에 없다. 노동자들이 조직되어 있지 않으면 경기 후퇴의 시기에 제일 먼저 희생될 수 있지만, 조직화되어 있다면 경영 측과 협의해 노사가 상생할 수 있는 길을 모색할 수도 있다. 독일의 세계적 자동차 회사 폭스바겐이 그런 선례를 보여주었다.

1990년대 초반 세계 자동차 산업의 경기 불황과 일본 자동차 업체의 시장점유율 증가로 폭스바겐 자동차의 판매량이 감소했다.

폭스바겐 경영진은 1992년 당시 12만 명이던 노동자를 1995년까지 7만 명으로 줄이겠다는 계획을 밝혔다.

폭스바겐의 노사는 1993년 협상을 벌여 근로시간은 20%(주 36시간에서 28.8시간)를 단축하는 대신 인건비를 20% 삭감하는 방안에 합의했다.

또 초과 근로 수당을 없애고 근로시간 계좌제(working time accounts)를 도입했다. 초과 근로한 시간을 계좌에 입력하고, 그것을 휴가로 쓸 수 있도록 한 것이다. 근로시간이 모자라면 나중에 초과 근로하여 이를 갚는다.

폭스바겐은 이 같은 근로시간 계좌제를 통해 1994년 이후 해고가 예고됐던 3만 명의 고용을 보장할 수 있었다.

이를 통해 독일의 노동자들은 재충전과 여가의 시간을 가질 수 있었고, 기업들은 큰 손해 없이 고용을 유지할 수 있었다.

2008년 세계 금융위기 시기에도 독일은 이 제도를 통해 대규모 해고 사태를 피할 수 있었다. 노동시간을 줄이는 만큼 줄어든 임금은 정부가 보전해 주었다.

폭스바겐 합의 이후 독일에서는 근로시간 계좌제 도입이 이어져 참여하는 노동자가 1998년 전체의 33%에서 2005년에는 48%로 증가했다.

독일은 업종 수준의 단체협약을 통한 노동시간 단축, 사업장 차원에서의 근로시간 계좌제, 그리고 국가 차원에서의 조업단축지원금 제도 등을 통해 안정적인 고용을 유지하고 있다. 이러한 제도들을 통해 사용자들이 원하는 유연성과 노동자들이 원하는 안정성이 균형을 이루면서 경제와 노동 모두 윈윈하고 있다.

이렇게 서로 갈등할 수 있는 두 집단 사이의 상생은 노사 간의 양보와 합의, 그리고 정부의 적극적인 지원 없이는 불가능했을 것이다.

21세기에 가장 큰 덕목은 소통과 타협이다.

타협은 소통을 전제로 한다. 강압에 의한 일방적인 양보는 소통이 아니다. 균형 있는 타협은 소통 속에서 이루어진다. 소통을 통해 얻은 타협은 주어진 조건 속에서의 최선의 선택을 의미한다. 그것이 설령 보편적인 의미의 최선은 아니라 해도 주어진 조건 속에서 최대한 선을 구현할 수 있다면 그것이 바로 우리가 선택해야 할 현재의 최선이다.

여기서 주어진 조건이란 시장 경기의 변동성 속에 있는 사업체나 동종 사업체군의 상황을 가리킨다.

폭스바겐이 노동시간 단축을 통해 모든 노동자의 고용을 보장한 것은 그 상황에서 내릴 수 있는 매우 좋은 결정이었다.

오늘날 우리도 불확실성의 파고를 넘어 항해를 지속하려면 상생의 소통과 타협의 정신을 가지고 노사정이 가능한 가장 좋은 선택들을 해 나가야 한다.

노조에도 들어선 양극화, 사회적 책임을 외면해선 안 된다

일부 대기업 노조의 조합원들은 연봉이 매우 높아졌다. 중소기업 노동자나 비정규 노동자들에 비해 두 배 가량이 된다고 한다.

감옥에서 하는 말 중에 "먹는 사람만 먹지."라는 것이 있다. 예전에는 3~4평 방 하나에 죄수 20여 명씩을 넣었다. 그런데 접견에서 들어오는 찐빵이나 만두는 20개가 안 된다. 그래서 감방 안에서 힘쓰는 몇 사람만 먹는다는 뜻이다. 당연히 나머지는 못 얻어먹는다.

노동자들도 그와 같은 상황이다. 노조에 소속된 노동자들은 잘 먹고 사는데, 조직화되지 못한 노동자들은 힘이 없어 얻어먹지 못한다.

노조로 조직된 노동자들은 고용 보장이나 임금 상승이 이루어졌지만, 그 외의 비정규·임시직·하청 노동자들은 대기업 노동자 임금의 2분의 1 이하를 받으면서 장시간 노동에 산업재해의 위험 속에서 노동하고 있다.

우리 국민들은 대기업과 공기업의 노동조합에 곱지 않은 시선을 보내고 있다. 이들 노조들이 이익집단화하면서 비정규 노동자, 실업자 같은 노동약자들에 대한 사회적 책임은 외면하고 자기 이해관계에만 충실한 모습을 보이고 있기 때문이다.

그들은 조합원들의 이익 보호에 치중한 나머지 기업의 투명성이나 사회적 책임에는 일정 부분 눈감아 왔다. 하청 기업의 노동자와 비정규직들이 저임금에 시달려도 그에 대해서는 거의 관심을 갖지 않았다. 그러면서 대기업 정규직 노조는 보수화·귀족화 되었다.

노동조합이 이렇듯 사회적 책임을 감당하지 못하다 보니, 우리나라의 노동조합 조직률은 아직도 10%대로 OECD 국가 중 가장 낮다. 비정규직은 전체 노동자의 반이 넘고, 정규-비정규,대기업-중소기업 사이의 양극화가 심해졌다. 산업재해도 OECD 국가 가운데 가장 많이 일어나고 있다.

노조 조직률이 높을수록 노동자들 사이의 양극화가 줄어들고, 노동조건이나 임금이 좋아지고, 산업재해도 줄어든다.

사실 노동조합은 사회의 변화를 가져올 수 있는 사회적 역량이 가장 강력한 조직이다. 노동조합이 상생과 사회 정의를 위한 사회적 책임에 좀 더 앞장서야 한다.

사실 노동조합은 사회의 변화를 가져올 수 있는
사회적 역량이 가장 강력한 조직이다.
노동조합이 상생과 사회 정의를 위한
사회적 책임에 좀 더 앞장서야 한다.

산업의 패러다임이 바뀐다
이제 평생 공부의 시대가 되었다

4차 산업혁명의 특징은 고도의 과학기술에 기반한 자동화, 로봇화, 인공지능화, 디지털화를 지향하는 것이다. 그에 따라 인간의 노동 시간을 줄여주는 효과를 가진다. 대신 노동 강도나 긴장은 커질 가능성이 크다.

오늘날은 농업이 주였던 시대나 1, 2차 산업혁명 시대에 비해 노동 시간이 현격하게 줄었고, 정보통신혁명이 일어났던 3차 산업혁명 시대보다 줄고 있으며, 앞으로는 더 줄어들게 될 것이다.

주 5일 근무제가 우려 속에 시작되었지만 이미 정착되었고, 앞으로는 주 4일 시대가 올 것이다. 우리나라는 현재 주 최고 52시간 근무제를 실시하고 있다.

그러나 노동 시간이 짧아진다고 해서 노동자가 편하게 놀고먹을 수는 없다. 노동의 강도는 높아질 수밖에 없다. 그에 따라 휴식과 자기계발을 위한 시간이 필요해졌다.

지금까지 우리나라의 고임금은 장시간 노동에 의해 가능했다. 장시간의 노동은 일과 삶의 균형을 깼고, 사람을 돈 버는 기계로 만들어 정신과 육체를 피폐하게 했다. 소위 '저녁이 있는 삶'을 즐길 수 있는 여유를 빼앗았다.

그러나 앞으로의 고임금은 장시간 노동이 아닌 기술과 지식 집약적인 노동, 많은 성과를 내는 노동이 차지할 것이다.

4차 산업혁명으로 이제 산업은 제조업 중심에서 소프트웨어 산업으로 그 중심이 이동하고 있으며 부가가치 창출도 소프트웨어 산업에서 많이 일어나고 있다.

예를 들어 자동차 산업도 기계 산업에서 소프트웨어 산업으로 전환되고 있는데, 자동차에 인공지능, 5G통신, 클라우드, IoT 등이 들어가고 엔진 대신 배터리를 사용하게 된다. 자동차 공유가 늘고 전기차·수소차로 전환하면서 기존의 제조업 일자리가 축소되거나 사라지게 된다.

이처럼 산업이 새로운 단계로 접어드는 데 따라 사업가들은 이에 적응해 나가야 할 뿐 아니라, 선도해 나가지 않으면 안 된다. 그것은 노동자도 마찬가지다.

이런 상황에서 이전과 같은 노사 간의 극단적인 대립은 설 자리가 없게 되었다. 산업의 패러다임이 바뀌고 있는데 노사가 대립하고 있다가는 공멸하고 말 것이다. 함께 기업을 살려 나가야 일자리도 확보될 수 있다.

이러한 각성이 최근에 자주 보이고 있다. 산업의 패러다임 변화로 경영과 노동 모두에 이미 큰 위기가 닥쳐왔음을 실감하고 있는 것이다.

최근 울산시에 있는 현대자동차의 미래를 예측하는 노사정 대화 모임이 있었는데, 여기서 노조의 어떤 팀장이 현대차의 20·30년 모습을 공개했다.

그에 따르면, 20, 30년 후에는 내연기관차가 사라지고 대신 전기차와 수소차가 약 80%로 대세를 이루게 될 것이다. 이렇게 되면 고용대란이 일어나는데, 내연기관차는 부품 수가 3만 개인 데 비해 전기차의 부품은 1만 3천 개로, 그만큼 조립 공정이 단순해져 일자리가 사라진다. 동시에 자율주행과 차량 공유 등으로 차량 수요 자체가 감소하게 되어 일자리가 더 줄 수밖에 없다. 엔진과 변속기 부서는 물론이고 다른 부서들도 인원이 크게 줄게 될 것이다.

이처럼 노동자들의 삶을 가장 크게 위협하는 것은 '나쁜' 기업가가 아니라, 4차 산업혁명을 일으키고 있는 새로운 과학기술, 특히 소프트웨어 기술이다.

많은 일자리가 자동화와 인공지능으로 줄어들고 있다. 인간의 일자리를 빼앗는 주체는 인간이 아니라 인간이 만들어 놓은 과학기술이고 로봇, 사물인터넷이다.

과학기술에 의해 인간의 노동이 밀려나고 있다. 심한 경우 인간이 인공지능 등 과학기술의 노예가 될 수도 있다.

이런 상황에 노동자로서의 우리는 어떻게 대응하고 대처해 나가야 하는가?

예전의 풍족한 삶을 동경하지 말고 현재의 조건에서 행복을 추구해야 한다고 말할 수밖에 없을 것 같다. 줄어든 노동시간으로 소득이 줄더라도 그 대신 생기는 시간을 누리며 삶을 즐기자. 그리고 쉬고 즐기는 것만이 아니라, 자기 계발을 위해서 시간을 투자하자. 이제는 평생 공부하지 않으면 시대를 따라 갈 수 없다. 배우는 것을 즐겨야 한다.

제7장

문화가 힘이다

과거에는 경제가 중심이었다.
먹고 살기에 급급했고,
돈을 얼마나 가지고 있느냐로
행불행이 결정되었다.
하지만 이제는 다르다.
앞으로는 문화와 정신이 이끌어가는
시대가 온다.

문화의 시대가 동터 오고 있다

문화란 무엇인가?

한마디로 정의하기는 쉽지 않지만, 다음과 같이 말할 수 있을 것이다. 넓게 말하면, 인간이 만들어 놓은 모든 산물을 가리키며 인간은 그 안에서 산다.

그래서 신학자 리차드 니버(H. Richard Niebuhr)는 문화를 '제2의 자연'이라고 했다. 클리포드 거츠(Clifford Geertz)와 같은 인류학자는 좀 더 좁게 정의하여 '사회의 전체적인 생활방식'이라고 했다.

그보다 조금 더 좁혀서 말하면, 문화란 '인간의 창조적인 정신의 산물'이다.

창조적이지 않고 인간을 억압하는 정신적 산물도 있는데 그것은 진정한 문화가 될 수 없다. 인도의 카스트 제도나 남녀 차별의 생활방식은 결코 좋은 문화라 할 수 없다.

여기서 말하고자 하는 문화는 창조적인 문화이다. 창조적인 것은 심미적인 것을 포함하므로, 창조적이며 심미적인 문화이기도 하다.

한 나라의 문화는 그 나라 구성원들의 예술, 정신, 정서, 습관 그리고 가치관의 창조적이고 아름다운 면을 가리킨다. 그리고 정신의 창조적인 측면은 다양한 매체를 통해 표현되어 나타난다. 그 매체는 예술 작품, 온갖 건축물, 제도, 신화, 철학, 문학, 종교, 윤리, 언어 등이다.

과학이나 기술은 문화와 결합하는 속성을 가지고 있다. 예를 들어, 나라나 대륙마다 건물들의 모습이 다른 것은 그곳의 문화와 기술과 재료가 다르기 때문이다. 크고 작은 건축물을 짓는 데는 과학기술이 이용되며, 동시에 문화적인 요소, 즉 창조적이고 심미적인 요소가 포함된다. 그러므로 모든 건축물에는 과학기술뿐 아니라 문화가 포함된다.

역사적으로 볼 때 과학기술과 문화는 서로 결합하고 있다. 과학기술과 문화가 결합하여 문명이 창조된다.

오늘날의 소비자본주의 시대에는 과학기술과 문화의 결합이 더 정교해지고 더욱 유기적이 되고 있다.

오늘날 상품들도 문화적이다. 잘 팔리기 위해 정교한 디자인이 상품에 입혀진다. 그 결과 상품도 문화적인 외피를 입는다. 문화와 결합하는 매체가 점점 더 확장되고 있으며 문화의 시대가 동터 오고 있다.

문화의 힘으로 경제와 사회를 이끌어 간다

문화를 판다는 말이 어폐가 없지 않지만, 오늘날 곳곳에서 일어나고 있는 현실이다.

한국의 문화를 보기 위해 많은 사람들이 찾아오고 있다. 한국인들은 다른 문화를 경험하기 위해 외국으로 나간다.

미켈란젤로와 다빈치의 나라 이탈리아가 지닌 역량에서 예술과 문화가 차지하는 비율은 얼마나 큰가? 암스테르담의 경제에서 반 고흐와 렘브란트의 그림이 차지하는 비율은 또 얼마나 되는가? 프랑스 문화에서 마네와 모네, 세잔, 밀레가 기여하는 비중은 어떠한가? 오스트리아에서 클림트, 쉴레의 미술이 미치는 영향, 모차르트의 음악이 끼치는 문화적 영향력은 또 얼마나 막강한가?

서양의 각국이 문화와 예술을 진작함으로써 그 힘으로 경제와 사회를 이끌어가고 있는 것을 우리는 보고 있다.

유럽이 우리에게 왜 매력적인가? 왜 그렇게들 유럽에 가고 싶어하는가? 유럽뿐 아니라 터키 등 소아시아 지역을 왜 그렇게 가고 싶어하는가?

우리를 끄는 매력은 그 나라의 문화이다. 우리가 보고 싶고 느끼고 싶은 것은 그들이 이룩해 놓은 문화이며, 그들이 보존해 가꾸고 있는 자연이다.

우리는 이국의 문화를 접하고 뭔가 신선한 것을 느끼는데 그것은 문화 속에 그렇게 느끼게 하는 그 무엇인가가 있기 때문이다.

문화에는 전통 문화도 있지만 현대 문화도 있다. 한국이나 유럽은 모두 전통 문화와 현대 문화가 잘 조화된 문화국가들이다.

유럽은 공공장소가 모두 깨끗하다. 이것도 오랜 문화 속에서 익혀지고 발전되어 나온 것이다.

유럽인들의 높은 정신이 유럽을 문화의 대륙으로 만들었다. 세계전쟁이 유럽의 문화재들을 많이 파괴했는데도 유럽의 전통 문화는 살아남아 보존되고 있다.

이제 경제 발전 중심의 패러다임을 뛰어넘어야 한다

그런데 요즘 새로운 이야기들이 들려온다. 유럽인들이 한국을 방문하고 경탄한다. 어떻게 이렇게 깨끗하고 아름다울 수 있느냐는 것이다. 도시를 둘러싼 경관, 그리고 그 속에 우리가 이루어 놓은 온갖 문화적 요소들을 이제 세계인들이 좋아하고 있는 것이다.

거기엔 K-Pop이 큰 역할을 하고 있다. 방탄소년단의 경제적 효과를 어느 연구소가 산출해 보았는데, 이 그룹의 생산 유발 효과가 중견기업의 26배에 달한다고 했다. 방탄소년단을 보러 입국한 외국인이 한 해에 80만 명에 가깝다고 한다. 방탄소년단뿐인가. 한국의 문화가 세계에 이름을 떨치고 있다.

서울은 문화 명품 도시로 발전하고 있고 앞으로 세계에서 가장 매력적인 도시 중의 하나가 될 것이다.

그 외의 다른 도시들도 문화도시로 거듭 태어나고 있다. 문학과 예술이 있는 도시, 한옥의 아름다움이 있는 도시로 변화하고 있다.

아름다운 한국식 정원이나 공원이 많이 조성되고, 이것이 한국인의 삶의 질을 높일 뿐 아니라, 이웃 나라의 사람들도 와서 즐길 수 있게 해 준다.

그러나 문화강국을 만들려면 지금보다 더 많은 노력을 기울여야 한다. 도시에 숲이 더 조성되어야 하고, 도로변 등이 더 자연친화적이 되어야 한다.

한국에서는 전통 문화와 현대 문화가 조화를 이루고 있다. 현대 대중문화, 특히 K-Pop과 한국 드라마, 영화의 콘텐츠는 한국의 전통과 현대가 어울린 독특한 문화적 색조를 살려내고 있다.

이제 한국은 경제 성장에 치중했던 시대를 지나 본격적인 문화 창조의 시대로 들어서고 있다. 문화 창조의 시대는 경제 성장을 위해 문화를 동원하는 것이 아니라 문화의 발전을 통해 삶의 질을 높이는 것을 지향한다.

오늘의 젊은 세대는 이미 문화의 시대에 살고 있다. 그들은 문화를 창조하면서 동시에 소비하는 세대이다.

과거에는 경제가 중심이었다. 먹고 살기에 급급했고, 돈을 얼마나 가지고 있느냐로 행불행이 결정되었다. 하지만 이제는 다르다. 앞으로는 문화와 정신이 이끌어가는 시대가 온다.

문화가 진흥하기 위해서는 문화-예술적 창작 활동이 활발하게 일어나야 한다. 그러기 위해서는 지금까지의 경제 발전 중심의 패러다임을 넘어설 필요가 있다. 그리하여 문화가 있는 사회와 경제로 바뀌어야 한다.

한 나라의 성장에는 경제 자본과 문화 자본, 사회 자본이 모두 필요하다

경제에 필요한 자본은 산업 자본이나 금융 자본이지만, 이것들은 홀로 작동하지 않는다. 문화 자본과 사회 자본이 경제뿐 아니라 사회 전체의 발전을 위해 점점 더 중요한 위치를 점하고 있다.

문화 자본과 사회 자본 사이에 큰 간격은 없지만, 엄밀한 의미에서 서로 다르다.

문화 자본은 한 사회의 문화적 생산물 전체를 가리킨다.

문화란 그 사회의 창의력의 총합이고, 문화 자본은 그 결과물이다. 문화 자본을 구성하는 요소들은 박물관, 도서관, 미술관, 공연장, 공원 등이 대표적이다.

오염되거나 파괴되지 않은 청정한 자연은 굳이 문화 자본이라고 할 수는 없을지라도 문화 수준이 높을수록 청정한 자연을 유지하는 경향이 있음을 볼 때, 문화와 자연은 대립적인 요소가 아닌 상호적인 관계라고 하겠다.

고궁이나 사찰들을 비롯해 잘 갖추어진 교육기관들도 중요한 문화 자본이다.

한 사회의 문화 자본의 총량은 이러한 것들이 얼마나 있고 잘 갖추어져 있느냐로 결정된다. 특히 지역마다 있는 박물관, 미술관, 도서관, 커뮤니티 센터 등은 그 규모를 떠나 그 지역이 얼마나 문화적·정신적으로 살아 있는가를 보여준다. 음악, 미술 등의 예술도 문화 자본을 형성한다.

이에 비해 사회 자본은 한 사회에서 우세하게 발현하고 있는 가치, 태도 등을 가리킨다. 사회 자본은 경제 자본과 함께 한 사회의 발전에 결정적인 역할을 한다.

예를 들어, 1960년대 초 한국과 아프리카 가나의 경제 수준은 같았다. 1인당 국민소득이 같았고, 산업구조도 비슷했다. 그러나 지금에 와서는 한국의 1인당 국민소득이 가나에 비해 16배 높아졌다.

이것은 무엇보다 사람들의 주관적 가치와 태도가 다르기 때문이었다고 볼 수 있다. 가나인들에 비해 한국인들은 내적·주관적 역량인 근검, 교육열 등에서 더 강했기 때문이다.

사회 자본이란 한 나라 성원들의 생활습관, 상호간의 예의, 공감 능

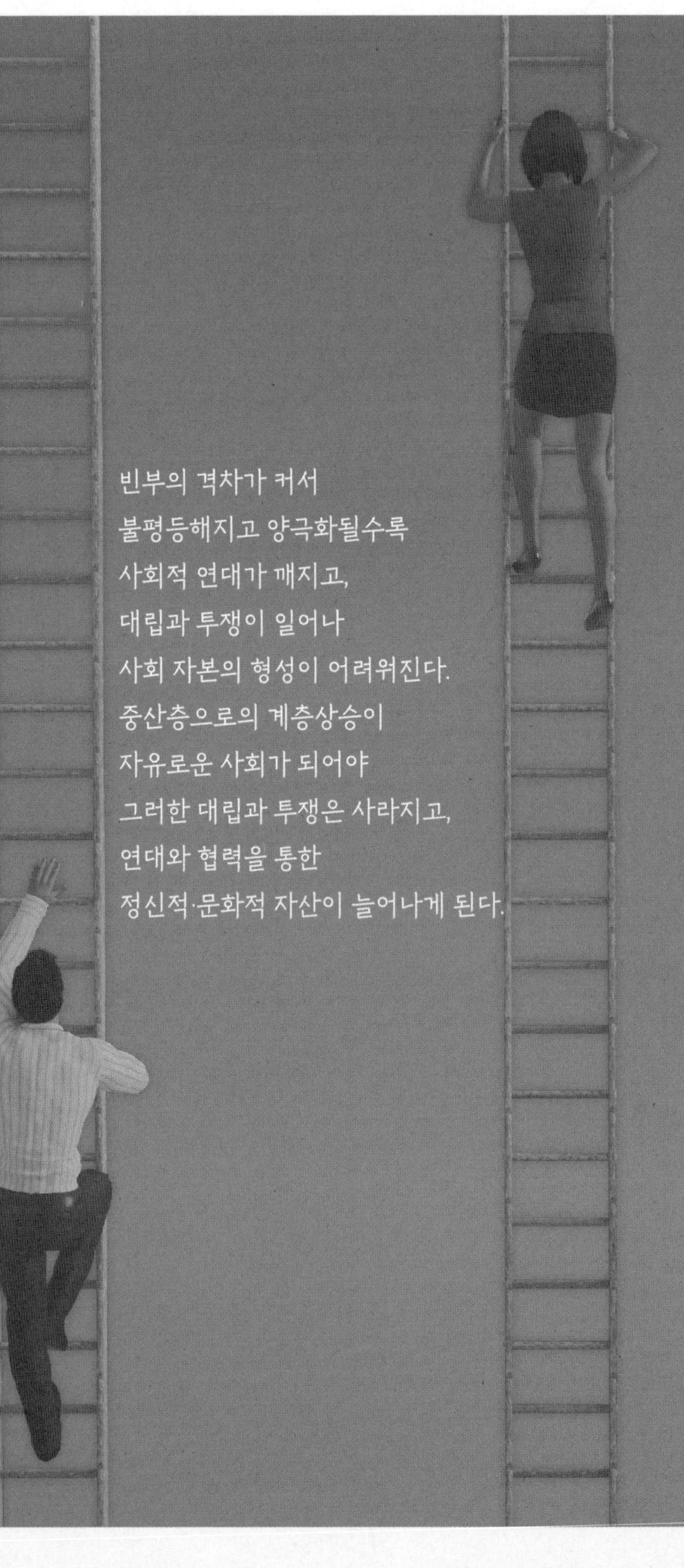
빈부의 격차가 커서
불평등해지고 양극화될수록
사회적 연대가 깨지고,
대립과 투쟁이 일어나
사회 자본의 형성이 어려워진다.
중산층으로의 계층상승이
자유로운 사회가 되어야
그러한 대립과 투쟁은 사라지고,
연대와 협력을 통한
정신적·문화적 자산이 늘어나게 된다.

력, 자율, 자유, 인권 존중, 민주주의, 상호 신뢰 등 사회의 연대를 지탱해 주는 정신적·문화적 가치들의 총량을 가리킨다.

한국은 그동안 경제 성장과 민주화를 동시에 이루어 냈다. 그러나 아직도 기초 질서, 예의, 시민의식에서 충분히 성장하지는 못했다. 많이 성장하기는 했지만, 아직 더 나아가야 한다. 정치권에서 합리적이고 이성적인 토론 없이 밀어붙이기가 일어나고, 상대방을 거짓으로 중상모략하고, 거짓 뉴스를 의도적으로 만들어 퍼뜨리고, 약자들을 착취하는 것, 이 모든 것은 역(逆) 사회 자본이다. 반대로 민주주의와 공익을 위해 헌신하는 정치 윤리는 중요한 사회 자본이다.

사회 자본은 사회의 실질적 발전을 가능하게 하는 사회의 주체적 역량이다. 일찍이 OECD는 사회 자본을 '집단 내 혹은 집단 간의 상호 협력을 촉진시키는 네트워크, 규범, 가치 및 이해'라고 정의하였는데, 이 정의에서도 사회 자본을 적극적인 사회적 역량으로 보고 있다.

이와는 반대로 사회적 허상은 우리를 쇠퇴하게 하고 비인간적으로 만들며 사회를 퇴보시키는 부정적인 힘이 된다. 우리 시대에 유령처럼 떠돌며 진보를 가로막는 실제적인 힘이 있는데, 학연과 지연, 무분별한 반공주의, 계급주의, 선과 악의 이분법, 인종주의, 성차별 등이 그것이다.

같은 학교를 나왔다고 무조건 인정하고 받아주는 것, 동향이라고 무조건 친해지고 뒷배를 봐주는 것이 모두 사회적 허상이다. 한때 한국에서는 TK(대구 경북) 출신들이 "우리가 남이가" 식의 끼리끼리 정치를 하던 때가 있었다. 문중이나 가문이 좋은 전통으로 여겨지기도 하지만 사회적으로 부정적 역할을 할 때는 허상이 된다.

우리는 때때로 미신이나 허상을 진실한 것으로 오인한다. 깊이 생각하지 않고 허상을 진실로 받아들여 버리는 것이다. 많은 사람이 하나의 현실을 놓고 극단적으로 다른 견해를 갖고 있다면, 그것이 허상이나 미신에 근거한 것이 아닌지 의심해 봐야 한다.

독일 통일 기간에 독일인들이 정치적 입장과 당을 초월해서 협동할 수 있었던 것은 독일인들이 가진 사회 자본의 결실이었다. 독일 통일의 과업은 독일 사민당이 시작했지만 성취는 보수당인 기민당이 해냈다. 독일 통일에 관한 한 진보와 보수 사이에는 큰 차이가 없었다. 사실 보수당인 기민당이 매우 합리적이고 진보적인 선택을 했다. 지금의 앙겔라 메르켈 수상이 동독 출신이며 기민당 소속이다.

이렇게 대의를 위해 서로 협력하는 모습이 독일인의 강점이다. 그에 비해 우리의 정치에는 흑백 분리의 이분법적 사고와 상대방에 대한 분노가 아직도 강하게 남아 있다. 남북의 평화와 통일 문제에서 여와 야, 진보와 보수가 극단적으로 대립하고 있다. 우리 사회의 관습이 만들어 놓은 허상은 생산적인 역할을 하지 못할 뿐 아니라 퇴보하게 한다.

사회 자본은 주로 기성세대의 모범에 의해서 생긴다. 그리고 그것은 세대를 거듭하며 확고하게 자리 잡게 된다.

사회 자본은 중산층이 두터운 사회일수록 더 잘 축적된다. 중산층일수록 사회적 연대를 생각할 수 있는 여유를 가질 수 있기 때문이다. 빈부의 격차가 커서 불평등해지고 양극화될수록 사회적 연대가 깨지고, 대립과 투쟁이 일어나 사회 자본의 형성이 어려워진다. 중산층으로의 계층상승이 자유로운 사회가 되어야 그러한 대립과 투쟁은 사라지고, 연대와 협력을 통한 정신적·문화적 자산이 늘어나게 된다. 이것은 다시 경제 성장을 원활하게 해 준다.

사회 자본을 늘리는 것은 사회 발전에 필수적인 요소이며, 이것은 경제 자본을 늘리고 투자를 늘리는 것만큼이나 중요하다.

사회 자본은 또 뒤에서 이야기할 오래된 존경받는 이야기들이나 전통을 통해서도 늘려 나갈 수 있다. 이는 문화와도 연결된다.

한 나라가 성장하려면 경제 자본과·사회 자본, 그리고 문화 자본이 함께 성장해야 하는 것이다.

4차 산업혁명 시대에 살아남을 직업

4차 산업혁명은 과거의 1, 2차 산업혁명이나 3차 산업혁명과 다르게 기술에 근본적인 변화가 있는 것은 아니고, 기존의 기술을 응용하고 더 정교화한 것에 지나지 않는다고들 말한다. 자동화, 빅 데이터, 인공지능, 사물인터넷 등이 산업을 주도하면서 정보 처리를 이용한 인간 행동의 예측 등을 통해 인간의 욕망에 맞는 제품을 개발하는 시

앞으로의 시대에는 과학기술의 힘으로
발전된 문화가 선도할 가능성이 크다.
다른 한편 산업과 경제에서는
인공지능, 빅 데이터, 로봇,
자동화 기술이 지배하게 될 것이다.

대를 가리킨다는 것이다.

그렇다면 4차 산업혁명은 문화 진흥에 도움이 될 것인가? 아니면 인간의 삶을 기술에 의해 획일화시켜서 문화적 창조성을 파괴할 것인가?

몇 가지 점에서 4차 산업혁명은 문화 진흥을 일으키는 데 일정하게 공헌할 것으로 생각된다.

인공지능이나 빅 데이터는 인간성을 지배하고 인간의 창조성을 억누를 소지도 있지만, 그 반대도 충분히 가능하다. 인간의 창조 능력과 미적 감각이 기술 발전의 도움을 받아 더 향상될 수 있다.

앞으로의 시대에는 과학기술의 힘으로 발전된 문화가 선도할 가능성이 크다. 다른 한편 산업과 경제에서는 인공지능, 빅 데이터, 로봇, 자동화 기술이 지배하게 될 것이다.

그에 따라 현재의 직업 중 사라지는 직업군이 생길 것이다.

고임금의 직업군과 교사, 간호사, 건강관리사 등 인간관계 관련의 직업군은 계속 존재할 것이다.

기술이 대체할 수 없는 고도의 창조력과 인간의 판단력이 요구되는 직업군, 즉 CEO, 예술가, 지적 전문가, 디자이너 등도 살아남을 것이다.

문제는 중간 영역의 직업군이다. 특히 제조·생산직의 중간 임금 직업군이 사라지거나 줄게 된다.

전문 영역에서도 위협받는 직종이 생긴다. 로봇에 의한 수술이 전문 의사의 수술을 대체하고 있는 것만 봐도 짐작할 수 있다.

직업군의 소멸 추세는 벌써 시작되고 있다. 작업 공정의 자동화로 제조 분야의 인원 감축이 여기저기서 일어나고 있다. 중간 임금과 저임금 단순 노동자들의 인원 감축이 특히 눈에 띈다.

그렇다면 이런 상황에서 청년들은 어떻게 해야 하는가?

기술 발달의 시대에도 살아남을 수 있는 직업을 찾고 만들어내야 한다. 특히 문화와 인간관계에 기반한 직업군에 주목할 필요가 있다.

그중의 하나로 관광과 문화 분야를 들 수 있다. 이 둘은 동반성장할 수 있다. 한국과 같이 문화 자산이 풍부한 나라에서는 관광 산업이 더욱 발전할 여지가 크다.

관광의 핵심은 자연과 문화이다. 자연과 문화는 서로 연결되고 통합된다. 한국의 자연과 어울리는 건물, 집, 편의시설, 인테리어 등의 문화를 창조하면 한국 관광이 비교우위를 점할 수 있다.

여기에 한국인들의 덕성, 특히 친절함, 예의바름, 공정함 등의 덕성이 더해지면 한국의 매력을 높일 수 있다.

그리고 언어 능력이 필수적이다. 영어, 중국어, 일어 등 주요 외국어들을 구사할 수 있는 젊은이들이 많아져야 한다. 작고 힘없는 나라일수록 외국어에 능통해야 한다. 네덜란드, 덴마크, 스웨덴, 스위스 같은 유럽의 작은 나라들을 보면 영어 등 외국어에 능통한 사람이 많은 것을 볼 수 있다. 소통 능력은 모든 창조 능력의 기반이다.

그렇다고 제조업을 등한시해서는 안 된다. 독일이 4차 산업혁명의 중심이 될 수 있었던 것은 제조업 때문이었다. 제조업에서 로봇과 인공지능 등의 혁신을 이루어냈던 것이다.

한편으로는 그와 같은 제조업의 혁신을 도입하면서, 다른 한편으로는 새로운 방식의 제조업을 만들어 나갈 필요가 있다. 앞으로는 플랫폼 형식의 사업장이 늘어날 것이다. 설비를 공동으로 사용하면서 각자 다른 생산품을 만들어 내는 것이다. 그런 식으로 문화와 개인적 취향이 덧입혀진 다양한 상품을 생산한다면 제조업의 새로운 분야를 개척할 수도 있을 것이다.

한국은 제조업 강국이면서 문화강국으로 발전해야 한다. 문화를 강조하면서 제조업이 약화되어서는 안 된다.

인간 자본의 확대에 소형 교육 센터가 도움이 된다

한국에서는 인간 자본(human capital)이 가장 큰 자원이다. 인간 자본은 사회 자본과 약간 겹치는 부분이 있지만 구분하여 설명하자면, 인간 자원의 총량, 한 사회의 모든 사람의 개인적 역량의 총합이라고 할 수 있다.

각 개인의 역량은 천차만별이다. 어떤 사람은 큰 역량을 갖고 있고 어떤 사람은 그렇지 못하다. 역량의 발휘에는 사회적 여건도 작용한다. 여성이라고 해서, 가난한 청년이라고 해서 역량을 발휘하지 못하기도 하는데, 그런 사회는 인간 자원을 충분히 발현시키지 못하는 사회이다.

사회가 발전하기 위해서는 인간 집단 역량과 능력의 총량을 충분히 확대하는 것이 중요하다.

그러면 그것은 어떻게 가능한가? 첫째는 차별을 철폐하는 것이고, 둘째는 교육과 훈련 프로그램을 이용하는 것이다.

먼저 여성 차별을 철폐하면 국민적 역량이 늘어난다. 혹시 여자들이 나서면 남자들의 자리가 없어지지 않을까 우려하는 사람들이 있는데, 그것은 남성 중심의 생각이요, 짧은 생각이다. 여성의 사회 참여가 오히려 남성을 구원해 준다.

학연과 지연에 의한 차별, 지역에 의한 차별도 인간 자본, 사회 자본을 축소, 약화시키므로 철폐해야 한다.

다음으로 교육과 훈련 프로그램이 중요하다.

한국은 학교 교육이 매우 잘 되어 있는 나라였다. 그러나 이제는 학교 교육만으로는 안 된다는 것이 분명해졌다. 대학 교육과 직장의 요구 사이에 갭이 크고, 전공과 직장이 어긋나는 것도 문제지만, 시민들 전체의 역량을 높여 나가는 것이 국가적으로 중요한 과제가 되었다.

이를 위해 다양한 교육과 훈련을 위한 센터와 장을 마련해야 한다. 공립 도서관들이 쉼과 공부가 어우러질 수 있는 분위기, 마치 공원이나 카페와 같은 편리한 시설을 갖추어 사람들이 수시로 이용할 수 있게 해야 한다.

아시아에서 서울만큼 그리고 한국만큼 카페가 번창하고 있는 곳은 없을 것이다. 그만큼 한국 시민들은 이미 공부와 쉼이 어우러진 삶을 살고 있다. 그런데 한국의 공립 도서관은 아직도 딱딱하고 불편하다. 입시 준비를 위한 독서실 같은 분위기여서 이직이나 구직을 하려는 사람들에겐 필요한 자료를 충분히 구하기도 어렵고 오랜 시간 앉아서 공부하기도 불편하다.

서울 도심을 지나다 보면 과시용 전시 시설이 많다. 이런 시설이 눈요기에는 좋을지 모르나 시민들의 필요에 얼마나 부응하고 있는지 의문이다. 그런 시설보다는 시민들의 취업과 재취업을 포함해 자기계발과 발전을 위한 실질적 교육의 장을 더 만들어야 한다.

대학 건물을 이용할 수도 있지만, 시민들의 접근성을 고려해 교통이 편리한 곳에 작은 규모로 특화하여 공부하고 배울 수 있는 센터들을 많이 지어야 한다.

개인의 역량으로는 일반적으로 지식, 기술 등 생존을 위한 능력을 들 수 있으나, 그 외에 좋은 덕목들도 여기에 해당된다. 예를 들면, 정직이나 친절도 개인적 역량의 하나이다. 정직하고 친절한 시민들이 있는 한 우리 사회는 발전하게 되어 있기 때문이다.

이러한 개인적 역량은 사회 자본, 즉 사람들 사이의 신뢰와 질서의 존중, 성원 간의 협력, 집단적 창조력 등을 고양시켜 주는 밑거름이 된다. 그리고 사회 자본의 증대는 경제적 결실을 증대시켜 준다. 이것을 도표로 나타내면 그림과 같다.

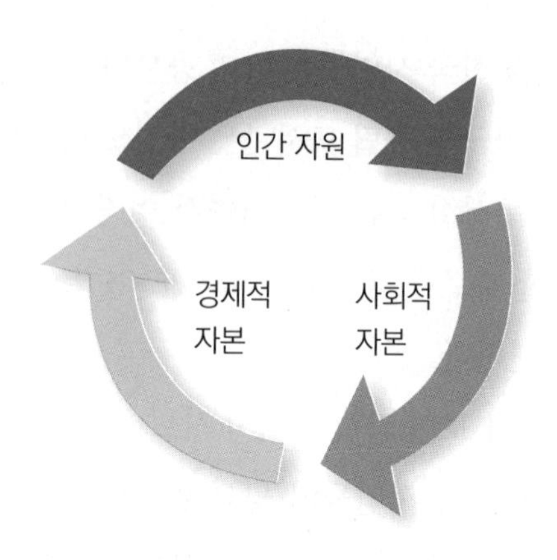

이와 같은 선순환이 이루어질 때 나라가 건강해진다. 정치는 이러한 선순환이 일어나도록 규칙을 정하고 인센티브를 제공해 주는 것이어야 한다.

심청전, 인간 자원과 사회 자본을 증대시켜 주는 이야기

사회는 이야기, 또는 이야기를 담고 있는 조형물, 인간에 의해서 만들어진 작품과 상징물들에 의해 형성된다. 한 사회는 언제나 가공적(fictive), 구성적(constructed) 사회이지 자연 그대로의 사회란 없다.

사회는 인공적 가공물로 덮여 있는, 구성된 조직이며, 좋은 구성이냐 나쁜 구성이냐, 신선한 것이냐 쇠퇴하는 것이냐, 변화하는 것이냐 혹은 정체되어 있는 구성이냐로 나뉜다.

우리가 잘 아는 심청전을 예로 들어 보자.

대부분의 한국인들이 어린 시절에 듣고 자라는 심청전은 한국인의 정서나 사고방식을 일정하게 규정해 준다. 우리의 고전 이야기들은 우리의 무의식 속으로 파고들어 우리의 생각과 감정에 일정하게 영향을 끼친다.

그러면 이 이야기가 인간 자원이나 사회 자본을 증진시키는 데 어떤 역할을 하는가?

심청의 이야기에서 중요한 것은 가치, 즉 눈먼 아버지의 인간적인 삶의 회복을 향해 최선을 다하고자 하는 마음, 목숨까지도 바치는 효심이다. 다른 문화권에서는 이와 비슷한 이야기가 잘 보이지 않는다. 심청전은 그런 면에서 매우 한국적인 이야기이다.

심청전은 자연 재해를 막기 위해 흠 없는 어린아이를 바다에 희생 제물로 바치는 이야기에서 시작되지만, 앞 못 보는 아버지의 눈을 뜨게 하는 효녀의 이야기로 각색되어, 해피 엔딩으로 끝나는데, 희생 제물이었던 심청이 살아나서 크게 성공하고 세상을 평화롭게 만든다는 것이다.

심청전은 정성을 다하고 최선을 다하면 그에 대한 보답이 있다는 낙관적인 사회 법칙을 확인시켜 준다. 이 이야기는 이 세상에서 우리가 아무리 어려운 처지에 있을지라도 정성을 들이면 보답이 돌아온다는 것을 가르쳐 준다.

이처럼 이야기는 현실의 냉정함 위에
희망의 따뜻함을 덧입혀 줌으로써
사회를 지금의 모습이 아닌
그것을 넘어선 다른 것으로 그려 주며,
그러한 사회로 지향해 나가게 하는
힘을 가지고 있다.
이러한 이야기의 힘이
인간 자원과 사회 자본을 증대해 준다.

심청전은 세상이 척박해서 힘없으면 떠밀려 죽는 세상이지만, 힘없는 사람들끼리 서로 돕는다면 살아남을 수 있고 잘 될 수도 있다는 것을 보여준다.

심청이 젖먹이였을 때 아버지 심봉사의 지극한 돌봄과 마을 아주머니들이 나눠주는 젖으로 살아남았고, 심청이 14살 세상 물정을 알기 시작할 때는 반대로 아버지의 눈을 치료해 보겠다고 자기를 바치는 결단을 하여 청자의 공감을 불러일으킨다.

결국 이야기는 심청을 살려내고 심봉사가 눈을 뜨는 것으로 결말을 내면서, 실제의 삶에서 언제나 반전이 가능하다는 것을 보여준다.

이처럼 이야기는 현실의 냉정함 위에 희망의 따뜻함을 덧입혀 줌으로써 사회를 지금의 모습이 아닌 그것을 넘어선 다른 것으로 그려주며, 그러한 사회로 지향해 나가게 하는 힘을 가지고 있다. 이러한 이야기의 힘이 인간 자원과 사회 자본을 증대해 준다.

심청전에서 눈에 띄는 점은 또 있다. 인당수에 희생 제물로 바쳐지는 이가 여자라는 것이다.

남자가 아니라 여자를 희생 제물로 삼은 것은 자칫 여성 차별로 보일 수 있다. 과거에는 어려운 일은 여성이 짊어지고, 남자는 대접받는 사회였다는 점을 생각하면, 심청의 이야기가 여성 차별적인 이미지를 청자에게 각인시킬 수 있다.

그러나 이것은 거꾸로 해석될 수 있다. 이야기 전체를 통해 어린 여자인 심청이 주인공으로 우뚝 서 있고, 반전을 일으키는 주인공이며, 사회의 구원자의 역할을 담당했다는 점에서 여성 차별의 모티브보다는 여성의 강인함과 미덕의 모티브를 보여 준 이야기라고 해석하는 것이 더 옳다.

모든 이야기가 다 인간 자원과 사회 자본을 증대시키는 것은 아니다. 차별을 조장하고 고착화시키는 이야기도 있다.

현재의 인도를 만든 카스트 제도는 기원전 1500~1200년에 지어진 힌두교 경전 속의 이야기에서 비롯한다. 그 경전에는 인간의 원형인 프루샤(Purusha)를 신들이 4등분했다고 한다. 시로 표현된 이야기에는 다음과 같은 대목이 있다.

> "신들이 프루샤를 나눌 때 몇 개로 나누었겠느냐? 그의 입은 무엇이었나? 그의 두 팔은 무엇이었는가? 그의 허벅지는 무엇이었으며 그의 발은 무엇으로 불리었느냐? 브라만들은 그의 입으로부터, 크샤트리아는 두 팔로부터, 바이샤는 허벅지로부터, 수드라는 그의 발로부터 태어난 것이다."(리그베다)

그리고 이 네 계급 바깥에 있는 사람들은 더욱 천대받는데, 그들은 아웃카스트(outcaste) 혹은 달릿(dalit)이라 하여 불가촉천민(the untouchable)이 되었다. 카스트 제도는 지금도 인도에서 매우 강력하게 자리 잡고 있어서 인도 사회를 계층 이동성이 매우 낮은 사회로 만들어 놓았다.

인도의 불가촉천민들은 이러한 사회를 거부하는 표시로 카스트를 견고하게 만들고 있는 오래된 경전들을 불태우는 등 저항하며 다른 한편 달릿의 건강한 이야기들을 발굴하고 있다.

그리스도교의 성서에 나오는 창조 이야기도 차별 의식을 유발한다.

창조 이야기에는 남자(아담)가 먼저 생겼고, 남자의 일부인 갈비뼈로부터 여자(이브)가 태어났으며, 여자가 뱀의 유혹을 받아 선악과를 먹고 그것을 남자에게 주었다고 되어 있다.

이 이야기는 인류의 기원과 죄악의 기원을 설명해 주는 측면이 있지만, 다른 한편 여성 차별적인 측면도 있다.

기독교 역사는 이 이야기에서 여자가 뱀의 유혹에 넘어간 것을 유의미하게 보아 여성이 남자보다 정신적으로 약한 존재라 하여 차별하고 여성들의 동등한 사회 참여를 막아왔다.

여자와 남자라는 성의 차이는 자연적인 것이다. 그러나 이 이야기는 자연적인 것을 이야기(허구)로 재구성하여 가치를 덧입힘으로써 그것이 마치 주어진 것, 자연적인 것인 것처럼 착각하게 만든다.

이야기는 이렇게 사회 자본을 증대하는 방향으로도, 축소하는 방향으로도 작용할 수 있다.

그렇다면 이야기를 어떻게 만들고 해석해 나가야 할 것인가는 자명하다.

우리에게 필요한 덕목들

오늘날 한국 사회를 지배하고 있는 것은
신자유주의적 정신이며,
호모 이코노미쿠스(경제적 인간)의 윤리이며,
돈이 된다면 뭐든 하는 허슬링(hustling) 문화이다.
인과 예에 기초한 사람과 사람 사이의
조화와 협력 관계가 아니라, 인간을
한번 쓰고 버리는 일회용품으로 취급하는 관계가 되었다.

예의는 인간 존중이다

오늘날 한국인들이 지녀야 할 많은 좋은 덕목과 역량이 있지만, 그 중에서도 가장 중요한 것은 예의이다. 예의는 다른 모든 덕목의 기초가 되기 때문이다.

예의란 일정한 행동과 사고의 원칙을 말한다.

신약성서 마태 7장 12절에 황금률(Golden Rule)이 나온다.

> "남에게 대접받고자 하는 대로 남을 대접하시오. 이것이 율법과 예언자들의 요약이오.(So in everything, do to others what you would have them do to you, for this sums up the Law and the Prophets.)"

황금률은 인간 상호관계의 기본적인 윤리(ethic of reciprocity)이다. 황금률은 거의 모든 세계적 종교와 철학의 가르침에 공통으로 등장한다. 내가 원하는 대로 남이 해주기를 바라는 것이 아니라, 남의 입장에 서서 남이 바라는 것을 내가 행하라는 것. 역지사지(易地思之)도 같은 맥락에 있다. 즉, 자리를 바꿔서 생각해 보라는 말이다. 상호

관계는 이렇게 상대방에 대한 예의에서 출발한다.

오늘날의 적자생존, 무한경쟁 사회에서 예의, 정의, 공감 능력과 같은 덕목은 부차적인 것이 되어 버렸다. 그러나 이런 때일수록 이타적 덕목과 창조성, 근면성, 장인정신 등의 역량이 조화를 이루어야 한다.

남을 존중하는 예의는 최첨단 과학기술의 시대를 살아가는 우리에게 다른 어떤 덕목보다도 기본적이며 다른 덕목(역량)들의 기초가 된다.

예의가 있는 사회는 결코 망할 수 없다. 사회 성원들 간에 신뢰가 있어서 위기를 당하면 연대하여 극복할 수 있기 때문이다. 강력한 사회는 역설적으로 따뜻한 인간성과 예의가 있는 사회이다.

예의는 동양 여러 나라에 정신적으로 두루 영향을 미친 공자의 가르침이기도 하다.

공자는 자신의 제일 덕목(virtue)인 인(仁)을 예와 연결해 설명했다. 논어 12편의 안연편에서 공자는 예를 다음과 같이 말한다.

> "자기를 극복하여 예로 돌아감이 인이다(克己復禮 爲仁, 극기복례하면 위인이라)."

중궁이 인에 대해서 묻자 공자는 또 이렇게 말한다.

"자기가 하고 싶지 아니한 일을 남에게 시키지 말라(己所不欲勿施於人, 기소불욕 물시어인)."

공자가 말한 예나 인의 핵심은 성서 마태복음 7장에 나오는 황금률과도 다르지 않다. 남에게 대접받고자 하는 대로 남을 대접하는 것이 예요, 인을 실천하는 것이다.

예와 인은 상대방을 사람으로 존중하는 것을 넘어 자연의 모든 생명, 심지어 무생명체들까지도 존중하는 것을 뜻한다.

오늘날 한국 사회를 지배하고 있는 것은 신자유주의적 정신이며, 호모 이코노미쿠스(경제적 인간)의 윤리이며, 돈이 된다면 뭐든 하는 허슬링(hustling) 문화이다.

인과 예에 기초한 사람과 사람 사이의 조화와 협력 관계가 아니라, 인간을 한번 쓰고 버리는 일회용품으로 취급하는 관계가 되었다. 그리하여 많은 사람이 하루아침에 일자리를 잃고 거리에 내동댕이쳐지고 있다.

우리의 시급한 과제는 동서양의 인간 존중 사상을 사회적으로 확장하는 일이다. 그리하여 한국인들이 스스로 위선자가 되는 것을 막아야 한다. 개인적으로는 인간을 존중하고 예를 지킨다고 하면서 사회에서는 매몰차게 사람들을 사지로 내모는 일이 일어나지 않도록 해야 한다.

그러기 위해서는 개인적 윤리를 사회적인 윤리로 확장해야 한다.

즉, 개인의 인과 예를 사회적·집단적인 것으로 확장하여 우리 사회에 적용해야 한다. 그것은 사람을 매몰차게 내던져 버리는 일이 없는 사회를 만드는 것을 의미한다.

만약 기업의 형편상 직원들을 해고해야 한다면, 해고된 사람들이 살아갈 수 있고 재취업할 수 있도록 기회를 제공해 주는 것이 필요하다.

예(禮)와 인(仁)은 동전의 양면이다.

인(仁)은 사람 人에 二가 붙은 것으로, 두 사람을 가리킨다. 두 사람 간의 관계에는 예의와 공감이 있어야 한다.

예는 인간관계를 규정하는데 그 규정의 내용은 내가 하기 싫어하는 것을 타자에게 요구하지 않는 것, 혹은 내가 대접받고자 하는 만큼 타자를 대접하는 것을 말한다. 즉, 상호 관계에서 일방적이지 않고 공정함이 있어야 한다는 것이다. 나의 행동이 공정해질 수 있는 조건은 타자가 그 행동을 공정한 것이라고 인정하는 것이다.

예는 타자와의 관계에서 규정된다. 길에서 밀치거나 부딪치고도 아무 일 없다는 듯이 지나쳐 버린다면 예가 아니다. 미국이나 다른 선진국에서는 그럴 경우 그냥 지나가지 않고 미안하다는 말을 분명히 한다. 길바닥에 침을 뱉는 행위, 새치기는 있을 수 없다. 자동차도 사람 보호를 위주로 운전해야 한다.

모든 행동에서 남들을 배려하고 존중하는 태도가 한국에 필요하다 못해 절실하다. 이것을 어떻게든 구현해야 한다.

그동안 한국인들도 외국 여행을 통해 많이 배웠고 또 고쳤다. 그러나 아직도 충분치 않다.

상대방에게 충분히 발언할 기회를 주는 것도 예에 속한다. 일방적이지 않고 무례하지 않으며 겸손한 행동을 하는 것이 예이다.

약자로부터 정당성을 인정받을 때 정의가 된다

우리 시대에 필요한 덕목에는 정의도 포함된다.

정의와 예는 타자와 나와의 관계를 규정하는 것인데, '정의(正義)'의 '의(義)'는 특히 타자가 약자일 경우를 규정하는 관계이다.

예(禮)가 나의 행동이 일반적인 타자로부터 인정받을 수 있는 것이 되게 하는 것이라면, 의(義)는 나의 행동이 약자로부터 인정받을 수 있는 것이 되게 하는 것이다. 의는 힘이 개입된 관계에서 작동해야 하는 좋은 원리이다.

또 예가 일반적인 인간관계에서의 올바른 관계를 규정하는 것이라면, 의는 좀 더 특수한 관계, 즉 양극화와 불평등과 같은 상황에서의 올바른 관계를 규정한다.

양극화와 불평등의 상황에서는 강자와 약자, 가해자와 피해자가 있으며, 이런 상황에서 정의로운 행위는 '강자, 가해자'의 행동이 '약

양극화와 불평등의 상황에서는
강자와 약자, 가해자와 피해자가 있으며,
이런 상황에서 정의로운 행위는
'강자, 가해자'의 행동이
'약자, 피해자'로부터 인정을 얻는 경우를 말한다.

자, 피해자'로부터 인정을 얻는 경우를 말한다.

예를 들어, 경영주가 직원들에게 영향을 주는 행위를 할 경우, 그 행위가 직원들로부터 정당한 것으로 인정받는다면 그 행위는 '의(justice)'라고 할 수 있다. 이 관계에서 경영주는 힘을 가지고 있는 데 반해, 직원은 상대적으로 힘이 약하기 때문이다.

만약 경영주가 기업이 불황에 들었을 때 그 위기를 타개하기 위해 인력을 줄여야만 한다면, 이것을 어떻게 해야 적절하다고 할 수 있을까?

이 경우 경영주는 인력을 줄여서라도 경비를 줄여야 한다. 왜냐하면 충분한 수주가 들어오지 않았고 지금 인력은 호황 시기를 위한 것이기 때문이다. 물론 경영주가 그동안 벌어 놓은 것을 풀어서 인력을 유지할 수 있으면 좋겠지만, 그것도 오래 갈 수는 없다. 결국 인력을 줄일 수밖에 없다. 그러지 않으면 기업이 망해서 모든 사람이 실직할 것이다.

이렇게 어쩔 수 없이 해고할 수밖에 없게 된 경우, 해고당하는 사람들은 엄청난 불이익을 받게 된다. 모든 것을 잃는 것과 다름없다. 이런 상황에서 정의를 지키다가는 회사도 망한다. 그러면 이런 상황에서 정의를 위한 적절한 행위는 무엇인가?

이런 경우, 정의(justice)는 구조를 통해 구현될 수 있다. 즉, 노사 당사자만의 노력이 아니라 제3자인 국가의 개입 등 다자간의 협력에 의해 구조적으로 이루어질 수 있다.

그런데 이 협력에 의해서 결정된 행위가 이 상황에서 가장 약자의 위치에 있는 사람들, 즉 해고될 위기에 놓여 있는 노동자로부터 정당하다고 인정을 받을 경우 그 행위가 의롭다고 할 수 있다.

쌍용자동차 사태를 통해 정의를 생각해 보자.

여기에 쌍용자동차 사태의 전모를 옮길 수는 없지만 간단히 말하면 다음과 같다.

2004년 쌍용자동차를 인수한 중국의 자동차 대기업 상하이차는 2009년 1월 경영 악화로 법정관리를 신청하고 경영을 포기했다. 중국의 자동차 대기업 상하이차는 5년 전 쌍용자동차를 인수한 후 기술만 가져가고 투자는 전혀 하지 않고 있다가 경영이 악화되자 법정관리 신청을 한 것으로 보인다.

중국의 상하이차는 이로써 투기자본적인 성격을 드러내기 시작했다. 법정관리에 들어간 상태에서 사측은 대량 해고를 감행했다. 2,646명의 인원을 감축하는 구조조정을 발표하고 그 인원 전체에게 해고를 통보했다. 이중에는 희망퇴직을 선택한 사람도 있었지만, 희망퇴직을 하지 않은 나머지 976명은 그대로 해고당했다.

이에 노조는 2009년 5월부터 77일간 공장 점거 총파업에 들어갔다. 공권력이 투입되고 강경한 진압으로 많은 사람들이 다치고 구속되었다.

정리 해고된 이들은 블랙리스트에 올라 재취업이 안 되고 생활고에 시달렸다. 2018년 6월 27일 오후 아산에서 48세의 해고 노동자가 목을 매고 자살했다. 쌍용자동차 노조원 또는 가족의 30번째 죽음이었다. 사태가 발생한 2009년부터 그때까지 10년간 30명의 해고 노동자나 가족들이 병이나 자살로 생명을 잃은 셈이다.

이중 자살한 사람은 16명이나 된다. 쌍용자동차의 정리 해고 사태로 가족의 스트레스, 경제적 어려움, 가족 생계와 취업의 고충과 어려움, 부부와 가족관계의 악화, 이혼, 사측의 협박 등의 이유로 목숨을 버린 것이다.

'해고는 살인'이란 말이 현실이 되었다.

국가는 회사 등과 손잡고 해고 조합원들과 노조를 상대로 손해배상 청구소송을 냈다. 거액의 손해배상 청구소송으로 주택과 월급 등이 가압류됐다. 해고 노동자들은 극한의 절망에 빠졌다.

쌍용자동차 사태는 '사회적 타살'이었다. 쌍용자동차 사태는 현재 해결된 상태이지만 그것이 할퀴고 간 자리는 처참하다.

정부가 이 사태를 좀 더 차분하게 지혜롭게 대처했더라면 하는 아쉬움이 남아 있다.

정부는 이 사태를 정의와 같은 윤리적 기준으로 접근하지 않고 시장 논리에 맡겨놓았다. 시장의 원리대로 진행되도록 놔두면 '보이지 않는 손(invisible hand)'에 의해 잘 해결될 수 있으리라 보았던 것 같다.

쌍용자동차 사태는 우리 사회에 정의가 얼마나 필요한가를 다시금 생각하게 한다.

수많은 사람의 상처와 죽음을 발생시킨 쌍용자동차 사태와 같은 일은 이제 다시는 반복되어서는 안 된다.

진정한 지성은 정직한 마음에서 온다

공직자들이 음주 운전 사고를 내고 뺑소니하는 일이 종종 있다. 법질서를 지키고 수호해야 할 고위 공무원들이 불법 부동산 투기로 재산을 불리는 일도 빈번히 일어난다.

그러나 정직하지 않으면 도태되는 사회가 되었고, 또 그래야 한다. 꼼수나 거짓보다 정직이 더 강하다.

정직은 사회를 지탱해 주는 기둥이 된다. 정직이 있어야 사회적 신뢰가 가능하다. 사회적 신뢰가 얼마나 많은 비용을 절감시켜 주는지 계산하기는 어렵지만 그것이 대단히 큰 것은 분명한 사실이다. 그렇기 때문에 장관급 공직자를 선출할 때 그 개인의 정직성을 가장 중요한 평가 잣대로 삼는다. 개인의 정직과 정직에서 비롯되는 신뢰가 사회의 기둥이기 때문이다.

외국인이 한국에서 물건을 사거나 서비스를 이용할 때, 바가지를 씌우지 않고 제값을 받는다면, 그리고 외국인이 잘 몰라서 실수를 했을 때 도와준다면, 그 외국인은 한국을 믿을 것이다. 그리고 어디서든 편하게 지갑을 열 것이다.

한국인들이 외국인에게 정직하지 않고 부당하게 속인다면 그가 다시 한국에 올 마음이 생기겠는가?

세탁소에 맡긴 양복 주머니에 5만원 지폐가 있었다. 세탁소 주인이 그걸 발견하고 돌려주었다면 그 사람은 그 세탁소 주인을 믿지 않겠는가? 그 사람은 이제 단골손님이 될 것이고 세탁소는 더 많은 수입을 올릴 것이다.

정직은 우리 삶을 윤택하게 만들고, 효율적으로 만든다.

오늘날 자동차 서비스 센터의 기술자들을 믿고 차를 맡기는 풍조가 생겼다. 자동차 센터에서 부당한 견적을 내지 않을 것이라는 신뢰가 있기 때문이다.

만약 그런 신뢰가 없다면 사람들은 사기를 당하지 않으려고 다양한 고려를 하면서 시간을 낭비하게 될 것이다. 그렇게 되면 삶이 불편해질 뿐만 아니라, 경제의 효율도 떨어진다.

그렇게 보면 경제의 효율은 신자유주의적 경쟁에서 오는 것이 아니라 정직성으로부터도 온다는 것을 알 수 있다.

시민들의 정직은 그 나라를 건강하게 만든다.

예의와 정의, 정직, 이 덕목들은 한국과 같이 이념 갈등이 심한 나라에서 필요한 능력이다.

진정한 지성은 정직한 마음에서 온다. 마음 깊은 곳으로부터 우러나오는 정직은 사람이 무비판적인 맹목에 빠지는 것을 용납하지 않는다. 반지성은 근본적으로는 부정직한 마음이다.

예를 들어 히틀러의 나치즘을 오늘날 수용하는 사람은 거짓(반지성)

예를 들어 히틀러의 나치즘을
오늘날 수용하는 사람은 거짓(반지성)에
빠져 있다고 해도 틀림없다.
정치적 생각이 다르다고
빨갱이라고 부르는 것이나,
거짓 뉴스임을 알면서도 퍼트리는 것도
부정직, 반지성이다.

에 빠져 있다고 해도 틀림없다. 정치적 생각이 다르다고 빨갱이라고 부르는 것이나, 거짓 뉴스임을 알면서도 퍼트리는 것도 부정직, 반지성이다.

반지성과 거짓이 난무하면 사회는 퇴보하고 혼란에 빠진다. 정직은 지성을 추구하게끔 만든다. 그러므로 편협한 이념에 빠진 사람은 적어도 지성에 있어서는 부정직한 사람이라고 해도 틀림없다.

창조성에는 용기가 수반되어야 한다

고대 그리스인들은 4개의 기둥이 되는 덕목들(virtues)로 신중, 절제, 용기, 정의를 제시했다. 이중에서 오늘날 한국인에게 필요한 덕목으로 정의는 이미 앞에서 제시했다. 그 다음으로 제시하고 싶은 것은 바로 용기이다.

용기는 두려움, 위험, 불확실성 앞에서 담대하고 꿋꿋하며 믿음을 잃지 않는 자세, 인내하되 물러나거나 포기하지 않는 자세를 말한다. 용기의 반대는 만용 또는 비겁이다.

프랑스의 세계적인 화가 앙리 마티스(Henri Matisse)는 "창조성은 용기를 요구한다."고 말했다. 창조적인 정신에는 실패를 무릅쓰는 용기, 두려움을 넘어서는 용기가 필요하다.

오늘날 4차 산업혁명 시대에 가장 중요한 역량 중 하나가 창조성

(창의성)인데, 이것은 용기를 바탕으로 생산적인 것을 일궈내는 역량이다.

용기는 창조성의 필수불가결한 요소이다. 창조성은 기존의 것을 다르게 보고 그것을 넘어서는 용기, 새로운 것을 표현하는 용기를 바탕으로 하기 때문이다.

창조성은 전혀 없던 것을 새로 만들어 내는 것이 아니라, 주변의 다양한 자원들을 '새롭게' 종합해 낼 수 있는 능력이다.

주변의 다양한 자원들을 동원할 수 있어야 하는데, 만약 주변에 그러한 자원들이 없으면 어떻게 될까?

그런 환경에서는 창조성이 일어나지 않는다. 그래서 처한 환경이 중요하다.

우리나라는 창조성을 일으킬 수 있는 조건들이 갖추어져 있는가?

애플의 창업자 스티브 잡스(Steve Jobs)는 오늘날 창조성이 매우 뛰어난 인물로 여겨지고 있다. 많은 사람들이 잡스의 창조성이 애플을 일으켰다고 한다.

그런데 그는 고학력의 미혼모로부터 버림받고 저학력의 부모에게 입양되어 가난한 어린 시절을 보냈다. 잡스는 대학에 입학했다가 곧 중퇴했다.

이런 환경에서 세계 최고의 기업 애플을 세웠는데 그의 창조성은 어디에서 나온 것일까?

그것은 스티브 잡스의 창의력이 그만큼 높았기 때문이기도 하지만, 그곳이 미국, 그것도 실리콘밸리였기 때문에 가능한 일이었을 것이다.

스티브 잡스가 한국에서 태어났더라면 오늘날의 그가 가능할까? 한국의 환경에서라면 잡스가 그만한 창조력을 발휘할 수 없었을 것이라고 해도 과언이 아니다. 잘하면 중소기업 정도 하다가 대기업에게 먹히고 말았을 것이다.

그러나 잡스는 미국에서 태어났고, 그의 주위 환경이 창조성을 발휘할 수 있는 조건을 갖추었기 때문에 그의 운명은 달라진 것이다.

잡스의 양부모가 살았던 샌프란시스코 근교의 실리콘밸리 지역은 근처에 스탠포드 대학이 있어서 박사 학위 소지자의 비율이 세계에서 가장 높고, 혁신을 위한 좋은 인적 자원을 제공할 수 있는 지역이었다.

잡스의 고등학교 친구들 중에는 마이크로 칩 혁명에 앞장섰고 잡스와 함께 애플사를 세운 스티브 워즈니악(Steve Wozniac)과 같은 사람이 있었다.

잡스는 이미 고등학교 때부터 컴퓨터에 심취했고, 실제로 이 분야의 친구들과 함께 일하며 배웠다.

잡스가 일찍 자퇴했던 대학에서는 후에 필요한 디자인 공부를 할 수 있었다.

잡스가 성공을 거둘 수 있었던 데에는 이 밖에도 국가가 재정 지원하여 발전시킨 기초과학, GPS, 인터넷 등의 첨단 과학기술 등 여러 이유가 있다.

그 외에 잡스가 선불교의 깊은 영향을 받았다는 것도 중요하다. 선

이제는 우리 청년들의 차례다.
용기를 바탕으로 창조성(창의력)을 발휘하여
주변 인프라, 즉 인력, 정보, 자본,
과학기술 네트워크, 인문학적·문화적 자원 등을
재조정하여 새로운 것을 창조해 내야 한다.

불교와 동아시아 문화의 영향은 애플 제품에 심플한 인간학적 디자인을 도입하게 한 요인으로 평가되고 있다.

한국도 이제 이런 인프라가 상당히 조성되었다. 이제 젊은이들이 창조성을 발휘할 용기를 내야 한다. 청년들은 용기를 낼 수 있는 세대이다. 청년에게는 아직 기회가 많다.

그러나 용기의 바탕에는 심사숙고가 있어야 한다. 심사숙고(prudence)를 그리스인들은 지혜(wisdom)라고도 했다.

청년들에게는 지혜 있는 용기가 필요하다. 잡스가 다른 사람들이 생각지 못한 일에 도전하고, 밑바닥에서부터 올라올 수 있었던 것은 그가 이러한 지혜 있는 용기를 지닌 사람이었기 때문이다.

이제는 우리 청년들의 차례다.

용기를 바탕으로 창조성(창의력)을 발휘하여 주변 인프라, 즉 인력, 정보, 자본, 과학기술 네트워크, 인문학적·문화적 자원 등을 재조정하여 새로운 것을 창조해 내야 한다.

노력하면 누구나 중산층이 될 수 있는 사회를 위해

누구나 노력하면 중산층으로 진입할 수 있는 사회가 좋은 사회이다.

중산층은 어느 정도 안정된 삶을 영위할 수 있어서 원하는 것을 할 수 있는 여유를 가지는 사람들을 말한다. 틈틈이 취미 생활을 할 수 있는 여유, 하고 싶은 공부를 할 수 있는 여유, 1년에 한 번은 해외여행을 떠날 수 있는 여유, 외국어 하나는 능통하게 익힐 수 있는 여유, 배우고 싶은 것을 배울 수 있는 여유, 거기에 덧붙인다면, 자녀들에게 약간의 재산을 남겨줄 수 있는 여유를 가질 수 있다면 중산층의 삶이라고 하겠다.

이런 여유 중 많은 것을 현재 누리고 있다면 그는 중산층이다. 사람들이 노력만 하면 이런 여유 있는 삶으로 진입해 들어갈 수 있는 사회가 살 만한 사회다.

그런 사회를 위해서는 다음 몇 가지의 조건이 만족되어야 한다.

첫째, 불평등의 요소를 제거해야 한다. 불평등 지수가 낮을수록 계층 상승할 수 있는 사회적 이동성(social mobility)이 높아진다.

불평등을 줄일 수 있는 가장 효과적인 방법은 세금이다. 직접세를 통해 부의 편중을 완화시킬 수 있다. 세금을 걷는 국가에 국민적인 부를 맡기고 이것을 재분배하도록 하여 모든 국민에게 혜택이 돌아가게 해야 한다. 그 혜택은 사회복지의 형태로 재분배된다.

둘째, 사회적 이동성을 높여서 국민들이 누구나 자기가 가진 잠재적 능력을 최대한 발휘하여 계층 이동을 할 수 있도록 해야 한다. 독일, 스웨덴 등 북유럽의 국가들이 그 모범을 잘 보여주고 있다. 이들 나라는 국민들에게 평생 맞춤교육을 받을 수 있도록 하고 있다.

셋째, 재산이나 물질에 집착하는 세태가 바뀌어야 한다. 그러기 위해서는 젊은이들이 물질보다 생활의 행복에 관심을 가질 수 있도록 국가가 도와주어야 한다. 그 한 방법이 주택 문제를 국가가 해결해 주는 것이다. 예를 들어, 국가가 운영하는 저렴하고 편리한 임대주택을 많이 만든다. 개인들은 어느 정도의 저축이 있으면 임대주택에 입주할 수 있다.

한국에서는 집이 재산 목록 1호로 간주된다. 그래서 모두들 집 사는 데 일생을 바친다. 그러다 보니 부동산이 천정부지로 뛰어올랐다. 그것을 소유하려면 몇 십 년을 한 푼도 쓰지 않고 모아야 한다. 대부분의 국민이 부동산 때문에 삶의 질과 행복을 연기하거나 희생하고 있다. 삶의 질을 올리기 위해서라도 집 문제를 국가가 적극적으로 해결해야 한다.

한 가지 덧붙인다면, 학벌주의가 사라져야 한다.

한국은 일반 대학을 나와야 사람대접을 받는다는 생각에 다른 어느 나라보다 고등교육 이수율(대학 이상의 교육을 이수한 비율)이 높다. 우리나라 고등교육 이수율은 2005년 51%에서 2015년에는 69%로 증가했다. 반면, 경제강국인 독일은 2005년 22%에서 2015년 30%가 되었다.

우리나라 젊은이들의 고등교육 이수율이 매우 높은 것은 학벌주의 사회의 부작용이다. 이러한 고학력 현상은 사회적 비실용을 낳아 고학력자의 실업률 상승과 학력 미스매치, 전공 불일치 등의 현상을 일으키고 있다.

경제가 성장해야 일자리가 창출되고 사람들의 삶이 안정된다. 성장하는 경제가 되기 위해서는 우리 삶의 방식이나 사고방식이 실용적이고 실제적이어야 한다. 학벌주의, 지연주의 등은 이제 사라져야 한다.

기술직이나 생산직 청년들이 자부심을 가지고 살 수 있는 사회가 되어야 한다. 땀 흘려 일하는 것이 넥타이와 흰 와이셔츠의 사무직보다 좋은 대우를 받는 사회여야 발전하고 경제 성장도 이루어진다. 기술직과 생산직이 중산층의 삶, 사람다운 삶을 살 수 있도록 보장되는 사회로 발전해야 한다.

2030, 그대들이 미래다

청년들이 직면해 있는 상황은
결코 낙관적이지 않다.
아니, 청년들의 눈으로 보았을 때
철저히 잘못되었다.
오죽했으면 청년들 입에서
'헬 조선'이라는 말이 나왔을까.

사회적 신뢰 회복의 첫걸음은 상층부로부터 시작되어야 한다

오늘의 2030 청년 안에 기회와 위기가 혼재해 있다.

청년은 미래의 주인이다. 아니, 오늘의 주인이다.

청년이 어떻게 하고 있고, 어떤 생각을 가지고 무엇을 느끼고, 무엇을 힘들어 하고, 무엇을 추구하고 있는지, 무엇에 좌절하고 있는지, 무엇을 희망하고 있는지에 따라서 우리 사회의 오늘과 내일이 결정된다.

그러나 살펴보았듯이 청년들이 직면해 있는 상황은 결코 낙관적이지 않다. 아니, 청년들의 눈으로 보았을 때 철저히 잘못되었다. 오죽했으면 청년들 입에서 '헬 조선'이라는 말이 나왔을까.

청년들의 눈으로 보았을 때 우리 사회는 불신의 사회이다. 국가에 대한, 기성세대에 대한 신뢰를 우리 청년들은 얼마나 가지고 있는가.

이들은 금수저와 흙수저로 신분이 나뉘고, 사교육과 입시지옥을 통과해 나왔다.

1997년의 IMF사태 이후 몇 차례의 위기를 거치면서 우리 경제가 무너지고, 많은 시민들이 일터에서 쫓겨나고 삶이 무너졌다.

그 이후 적자생존의 정글 법칙이 지배하는 신자유주의가 사회의 기본 흐름으로 자리 잡으면서 비정규직이 늘어나기 시작했다. 믿을 곳과 기댈 곳이 없는 사회가 되어 버리고, 청년들은 믿을 것이라고는 오직 자기 자신밖에 없다는 개인주의로 내몰렸다.

그래서 이제 청년들은 자기만의 개인적 세상을 만들어 가고 있다. 오늘의 청년들은 사회적 공공성에 무관심한 것 같다. 공공의식과 연대의식을 통한 사회적 책임에 관심이 별로 없어 보인다. 개인의 관심, 개인의 취미, 개인의 일에 열중하는 개인주의로 빨려 들어가고 있다.

이는 어떤 면에서 기성세대에 대한 반발에서 기인한 것이다.

청년들의 이러한 상황을 뒤집으려면 어떻게 해야 하는가?

무엇보다 기성세대가 바뀌어야 하고, 사회와 국가가 바뀌어야 한다. 특히 사회의 엘리트 계층이 자기희생의 모습을 보여주어야 한다. 정치인과 경제 엘리트가 솔선해서 공익을 위해 자기혁신과 희생을 보여 줘야 한다. 이것이 사회적 신뢰의 회복을 이루는 첫걸음이다. 그 위에 청년들이 믿고 나아갈 수 있는 사회적 신뢰의 망을 넓게 형성해 나가야 한다.

사회적 신뢰의 확산은 사회의 상층부로부터 시작되어야 한다.

저출산, 꼭 문제로만 받아들이지는 말자

합계 출산율이 0%대라고 한다. 청년들이 결혼과 출산을 기피하고 있다.

출산율이 1997년 IMF 위기 이후부터 급격히 낮아져 1998년에 합계 출산율이 1.45가 되었고 2019년 현재는 0.95이다. 인구감소가 가속화하는 모습이다.

출산률이 낮은 것은 여성의 '반란'에서도 그 이유를 찾을 수 있다. 우리가 아기 낳는 기계인가 하는 자문에서 여성들은 더 이상 출산의 고통과 육아의 희생을 전담하지 않겠다고 선언하고 나섰다.

거기다 여성의 사회 진출은 출산을 더 어렵게 만들었다. 요즘 시대에 맞벌이를 하지 않는 가정은 살아가기가 매우 힘들다. 가장이 홀로 돈을 벌어야 하는 가정은 가난에 시달리게 된다. 그래서 여성도 직업을 갖는다.

프랑스와 영국은 인구가 조금씩이나마 늘어나고 있다. 프랑스는 아이를 낳은 부부에게 출산장려수당을 지급하고, 영국은 임신에서 출산까지 모든 의료 서비스를 무료로 지원한다. 독일은 아이를 낳으면 월 2백 유로를 지원한다. 프랑스, 영국, 독일은 이처럼 다양한 지원 시스템을 갖추어 출산을 장려하고 있다.

그럼에도 유럽은 이민을 받아들여 모자라는 노동력을 보충하고 있다.

한국에서 2017년 한 해에 태어난 아기는 35만 명인데, 47년 전인

1970년 한 해에 태어난 아이는 1백만이 넘었다. 47년 사이에 반 이하로 줄어든 것이다.

이런 추세는 앞으로 더 심해질 것이다.

그러면 노동력이 부족해질 것이고, 노동력이 부족해지면 노인들의 복지를 위한 연기금 등 공적 기금들이 고갈될 수 있다. 노동력이 부족해지는 것을 우리는 감당하기 어렵다.

그렇다 하더라도 저출산이 정말 걱정해야 할 일일까? 저출산으로 인해 일자리와 기회는 더 늘게 되지 않을까? 그렇다면 어린 세대에게는 기회가 될 수 있는 것이 아닐까?

일부 사회학자들은 그렇게 될 수 있다고 말한다. 그러므로 저출산 문제를 놓고 호들갑 떨 필요는 없다고 본다.

그리고 요즘처럼 혼자 살아가기도 벅찬 시대에는 출산은 사치일 수도 있다.

다시 여유가 생기기 시작하면 출산율은 올라갈 수도 있다. 그러므로 저출산 문제로 너무 초조해할 필요는 없을 것 같다. 다만, 출산율을 높이기 위해 꾸준한 노력을 기울이는 것이 중요하다.

국가는 출산 복지를 강화하고, 사교육을 없애고 공교육을 강화하고, 사회와 가정에서 실질적인 남녀평등을 이루도록 노력해야 한다. 그러면 출산율은 자연스레 회복될 것이다.

그래도 노동인구가 모자라면 이민을 받아들이면 된다. 그리고 남북한이 경제적으로 연합된다면 인구와 노동력 문제도 상당히 해결될 것이다.

힘들지만 새로운 시대,
젊은이들은 새로운 스타일로 산다

지금 세대는 이전 세대에 비해서 더 많이 공부하고, 더 많은 지식을 습득하고, 지속적으로 자기계발해야 하는 세대이다.

이전 세대는 대학 4년의 교육을 마치고 직장에 들어가 대학과 직장에서 배운 지식을 가지고 은퇴할 때까지 써먹을 수 있었다. 하지만 오늘의 세대는 대학의 정규 교육 이외에 자기계발을 위한 교육과 훈련의 시간을 계속 가져야 한다. 그만큼 새로운 과학기술이나 지식을 습득하지 않으면 수행할 수 없는 일이 많아졌다.

많은 일들이 로봇에 의해서 대체될 것이고, 심지어 고급 지식과 사고능력을 가지고 수행하는 의사 등 전문직도 앞으로는 인공지능 기술로 대체될 것이다.

대학 4년간의 교육을 마치면 첫 직장에 들어갈 수는 있다. 그러나 그것으로 안정된 고용이 보장되지는 않는다. 직장은 갈수록 새로운 지식과 노하우를 요구하고 앞선 능력을 필요로 한다. 여기에 호응하지 못하는 인력은 탈락한다.

한 직장에서 오래 근무할 수 없는 시대가 되었다. 새로운 영역의 새로운 직장으로 점프할 수 있어야 한다. 새로운 지식과 기술로 스스로 업그레이드해야 한다.

자기 계발과 교육을 개인들의 책임으로만 돌릴 수는 없으므로, 국

새로운 세대는 이전 세대보다
더 많이 공부하고 더 많은 정보를
수집해야 하는 세대이다.
그러나 청년들은 자기 계발을
계속해야 하는 삶을 거부한다.
청년들은 일해서 번 돈으로
해외여행을 떠나고,
자기 취미를 만들고 즐긴다.

가가 제도적으로 대학 이후의 지속적인 교육을 제공해 줘야 한다.

그런 면에서 새로운 세대는 이전 세대보다 더 많이 공부하고 더 많은 정보를 수집해야 하는 세대이다.

그러나 청년들은 자기 계발을 계속해야 하는 삶을 거부한다. 자기 계발도 일이므로 호모 루덴스(삶을 즐기는 인간)의 삶과는 거리가 멀다.

청년들은 일해서 번 돈으로 해외여행을 떠나고, 자기 취미를 만들고 즐긴다.

이들이 보이는 새로운 삶의 스타일은 재미, 즐김, 자유, 임시성 등으로 표현할 수 있지 않을까 싶다.

이들은 불안정하고(precarious), 임시적(temporal)인 기류를 타고 즐길 줄 아는 사람들이다.

이들에게는 삶의 자유와 즐김이 있겠지만, 검약도 함께 있다. 이런 젊은이들이 나이 들어 가면서 우리 사회가 좀 가난해질 수도 있지만 삶은 오히려 여유로워질 수도 있다.

미래의 청년들의 삶에는 검약과 자유와 즐김이 있을 것이다. 그 삶의 즐김 속에 새롭게 배우고 자기 계발하는 과정도 포함시키는 것이 바람직하다.

새로운 것을 배우고 익히는 것은 삶을 풍요롭게 만들고 자유하게 한다.

청년들은 살아남을 뿐만 아니라, 계층 상승도 해야 한다. 새로운 산업에 도전할 수 있어야 한다. 젊은이들이 일으키는 벤처를 통해 블루

오션 산업을 열 수 있는 나라만이 미래가 있다.

농촌에서는 로봇, 디지털 통신기술 등 신기술을 적용한 4차 산업혁명 시대의 디지털 농업, 그린 팩토리를 창업하는 청년들이 생기고 있다.

새로운 시대에 새로운 기회도 다양해지고 있다.

언뜻 팍팍해 보이는 이 시대가 오히려 기회가 될 수 있다. 이제 마음먹기에 따라 운명이 달라질 수 있다.

운명의 개척은 자유함 속에서 일어난다. 검약과 자유를 실천할 수 있는 사람은 새로운 것을 창출할 수 있다.

이런 삶의 스타일은 존중되어 마땅하다. 검약과 풍요가 공존할 수 있도록 삶을 정비해야 한다.

2030도 늙는다
이제 100세 시대를 준비해야 한다

청년도 시간이 지나면 늙는다. 어제의 청년이 오늘의 장년, 노년이다. 지금 40~50대가 사회의 중추 역할을 담당하고 있지만, 이들도 어제는 청년이었다. 청년은 계속 새롭게 태어나고 있다. 미래를 책임질 세대이다.

진정한 의미의 청년은 준비하는 세대, 이미 뛰어들기 시작한 세대이다.

미래는 다양성의 시대이며, 시간이 갈수록 가치를 창출하는 방법과 영역들이 다양해지고 새로워지고 있다. 기존의 직업이 사라지고 있고 새로운 직업이 생겨나고 있다.

우리는 이제 새로운 영역에서 더 많은 가치 창출을 할 수 있어야 한다.

젊은 세대 인구가 줄어가는 상황에서 여성과 노인은 이를 보충하여 가치 창출을 할 수 있는 인적 자원이다. 그들에게 관심을 기울여야 한다.

앞으로는 더 오랜 세월을 일해야 하는 시대가 올 것이다. 정년도 현행의 60 혹은 65세에서 70세 이상으로 연장해야 할 때가 올 것이다.

우리는 100세 시대를 준비해야 한다.

인생이 불공정 게임으로 시작되어서는 안 된다

2019년 5월 2일 정부는 청년 정책을 종합적·체계적으로 추진하기 위해 청년정책조정위원회를 국무총리실에 설치한다고 했다. 여당인 민주당은 청년미래연석회의를 구성한다고 했고 청와대는 청년정책관실을 신설하겠다고 했다.

늦은 감이 있지만, 이 위원회와 연석회의 등이 실질적인 대책을 내

놓을 수 있었으면 한다. 당장에 청년층의 지지율을 얻기 위한 얕은 수가 아니라, 청년이 나라의 미래를 결정한다는 자세로 진정한 전략과 정책을 수립하고 시행할 수 있어야 하겠다.

가장 중요한 것은 금수저와 흙수저로 나뉜 빈부 격차의 문제, 가난한 청년들이 가난에서 벗어날 수 없게 만드는 불평등 사회를 타파하는 일이다.

서울의 일부 집값은 너무 올라서 평생 동안 직장 생활해서 한 푼도 안 쓰고 모아도 살 수 없는 상황이다. 흙수저 3포 세대는 무엇보다 집을 포기한 세대이다.

부유한 집안의 아이들은 돈 많이 드는 사교육을 받고 좋은 대학에 진학한다. 더불어 상속과 증여를 받아 처음부터 인생의 유리한 고지를 점령한다. 가난한 사람들은 그런 환경을 제공해 줄 수 없어서 결국 가난을 대물림한다.

인생의 마라톤 경기를 할 때 스타트점이 달라서는 안 된다.

어떤 아이가 평소에 충분한 영양을 공급받지 못하는데, 경기 당일 아침 식사도 못하고 물만 먹고 나왔다고 하자. 그 아이는 평소 잘 먹고 건강한 아이들과의 경주에서 지고 말 것이다. 겉으로 보기에는 스타트점이 같지만, 내용적으로는 다르다. 배고픈 아이는 뛸 힘조차 없는 것이다.

공정한 게임이 되기 위해서는 배고픈 아이를 한참 앞에 세워야 하는데 현실에서는 같은 선상에서 출발하므로, 건강하고 힘 있는 아이가 앞서 출발하는 효과를 가진다. 겉으로 보기에는 공정한 경주 같지만, 실제로는 불공정 경주인 것이다.

오늘날 고액의 사교육이 이런 불공정 경쟁을 낳고 있다. 부유한 계층의 아이는 사교육을 받고, 입시를 위해 맞춤 코디를 받는다. 하위 계층의 아이들은 좋은 정보와 적합한 지도를 받지 못한다. 이처럼 부유한 아이와 가난한 아이가 겉으로 보기에는 공평한 경쟁에 들어서 있는 것 같지만, 실제에서는 불공정 게임을 하고 있다.

이런 불공정을 넘어서려면 대학의 서열화와 사교육을 폐지하는 것으로부터 출발해야 한다. 특정 대학이 좋은 것이 아니라, 특정 학과나 학부가 좋은 것이어야 한다.

사회에서 경쟁이라는 것을 아주 배제할 수는 없다. 오히려 경쟁을 해야 발전한다. 사람들이 얻고자 하는 것이나 원하는 자리는 늘 부족하기 때문에 경쟁은 피할 수 없는 현실이다.

그러나 불공정 경쟁이 되면 이야기가 달라진다. 불공정 경쟁은 불평등 구조를 심화시킨다.

경쟁이 있는 사회에서는 불평등이 생길 수 있다. 이런 불평등은 하층에 있는 사람들에게 분발하게 하는 동기를 부여해 주며 하위 계층이 계층 상승을 위해 노력하게 만든다.

그런데 불공정 경쟁이 되면, 불평등이 심화될 뿐 아니라, 계층 이동이 불가능해지며 불평등 구조가 고착된다.

정부와 모든 시민은 불공정 경쟁을 부추기는 사교육을 없애고 공교육을 강화하는 길에 매진해야 한다.

그리고 지금의 고착화된 불평등 구조를 타파해야 한다. 고착화된 불평등 구조가 불공정 경쟁을 항구화한다. 이것은 계층 상승과 이동을 불가능하게 하며, 미래 세대인 젊은이들의 역동성과 창의성을 약화시키고 만다.

이것은 경제적 불평등과 양극화의 개혁에 의해서만 교정될 수 있다. 그렇기에 청년 대책은 본질적이고 근본적인 사회 개혁을 요구한다.

청년 시기에 가장 필요한 조건은 공정한 경쟁이다. 공정한 경쟁이 청년들의 계층 이동을 가능하게 하며, 이것이 젊은이들을 더욱 분발하게 만들고, 이것이 사회적 역동성을 높인다.

이를 통해 빈곤 청년들이 중산층으로 진입해 들어갈 수 있도록 교육 정책과 사회 정책을 펴야 한다. 빈곤 청년들이 노력만 하면 계층 상승을 이룰 수 있는 나라를 만들어야 한다.

스웨덴, 덴마크, 핀란드, 노르웨이, 독일, 프랑스 등 북서 유럽 국가들이 그런 것처럼 대학을 서열화하지 말고, 국가가 운영하는 대학으로 공립화 혹은 공영화하여 무료로 대학에서 수학할 수 있게 만드는 정책을 펴야 한다.

우리나라는 사립대학들의 상당수가 좋은 대학군으로 자리 잡고 있다. 미국도 사립대학이 가장 좋은 대학으로 자리하고 있다. 그래서 미국에서는 좋은 대학에 들어가기 위해 엄청난 경쟁을 하게 된다. 하버드, 예일, MIT, 스탠포드, 프린스턴 등 세계적인 명문들이 사립학교이며, 이러한 서열화된 사립대학들이 미국의 세계 1위의 경쟁력을 지탱한다고 주장할 수 있다.

그러나 그렇기 때문에 미국은 선진국 중에서 가장 불평등한 나라가 되었다.

한국도 미국과 비슷한 교육 시스템을 가지고 있다. 한국이 미국보다도 더 부모의 능력에 따라 자녀가 진학하는 대학이 결정되는 경향이 강하다. 부모의 빈부가 자녀의 빈부로 이어지는 경향이 크다.

그러나 북유럽에서는 부모의 빈부가 자녀의 빈부와 상대적으로 무관하다. 부모가 가난하더라도 자식은 부자나 중산층이 되기 수월하다. 그 가장 큰 이유 중 하나가 공교육 시스템 때문이라고 할 수 있다.

전 국민을 대상으로 한 무료 교육이 한 방법이 될 수 있다

요즘 한국에서는 교육을 통한 사회적 상승의 길이 열리지 않고 있다. 교육에 불공정 경쟁이 작동하고 있다. 그래서 우리나라의 많은 젊은이가 자기의 재능을 충분히 발휘하지 못하고 중도에서 탈락하고 있다.

그러면 그만큼 사회적 활력이 떨어진다. 많은 청년들이 어렵게 받은 교육을 통해 신분상승할 수 있는 기회를 얻지 못하고 있다. 교육

한국처럼 천연자원이 없는 나라에서는
인적 자원 외에 믿을 만한 것이 없다.
사람들의 잠재력을 최대한 높이기 위해
교육과 훈련을 위한 시스템을
갖추는 것이 급선무이다.

투자의 고용 효과가 낮은데, 이것은 교육의 내용이나 질에도 문제가 있기 때문이다.

이런 상황을 넘기 위해 국가는 적절한 사회 정책을 펴야 한다. 그 적절한 정책의 하나로 전 국민을 대상으로 하는 무료 교육을 들 수 있다.

초·중·고등학교뿐만 아니라 대학과 대학원, 평생 교육과 직업 교육도 국가가 지원해서 전 국민이 언제나 교육을 받을 수 있도록 해야 한다.

이를 위해서 정부, 산업, 대학이 함께 커리큘럼 개발에 참여하고, 직업을 위해 재교육을 받는 사람들의 구직 활동을 국가가 적극적으로 지원해야 한다.

한국처럼 천연자원이 없는 나라에서는 인적 자원 외에 믿을 만한 것이 없다. 사람들의 잠재력을 최대한 높이기 위해 교육과 훈련을 위한 시스템을 갖추는 것이 급선무이다.

이것은 결국 세금을 통한 국가의 정책으로 추진해 나갈 수밖에 없다. 교육과 훈련은 산업 유발 효과(벤처기업의 창출 등)를 내는 방향으로 이루어져야 한다.

이미 독일, 덴마크, 스웨덴 등 북유럽 국가들은 이런 훈련과 교육 프로젝트를 몇 십 년간 시행하여 크게 효과를 보고 있다.

젊은 세대를 위해서라도 평화를 물려줘야 한다

한반도의 평화는 청년들에게 무엇인가?

우선 한반도 통일과 한반도 평화는 서로 다르다.

통일은 통일 비용이 엄청나게 들기 때문에 통일 과정과 통일 후 상당한 기간 동안 한국 경제에 부담이 된다.

그러나 평화는 그렇지 않다. 평화는 한국에 엄청난 이득과 효용을 가져다준다.

일단 군비를 줄일 수 있다. 남북한 양국이 서로 군비를 축소하고 그 비용으로 민생을 돌볼 수 있다.

경제·문화·사회적 교류를 시작할 수 있으므로 청년들에게 많은 기회가 제공될 수 있다.

개성 공단뿐 아니라 다른 특별 지구 등에서 청년들이 일도 할 수 있을 것이다.

여행은 물론이다.

평화가 가져올 엄청난 기회와 반대급부를 생각하면 한국은 북한을 위해 큰돈을 써서라도 항구적인 평화를 이루기 위해 노력해야 한다.

그것은 결국 남북 모두에게 혜택으로 돌아오고, 그 가장 큰 혜택은 2030세대에게 돌아간다.

그러므로 무슨 일이 있더라도 북한과의 관계 개선을 조성해 내야 한다.

그러기 위해서는 북한에 많은 재정을 투자하고 지원할 필요가 있다. 북한 주민들이 굶주리면 먹을 것을 갖다 줘야 한다. 남북 당국이 뭐라고 해도 갖다 주는 것이 좋다. 그러면 상호 신뢰가 쌓이고 평화는 저절로 오게 되어 있다.

종국에는 남북한 통일을 이루어야 하겠지만, 급한 것은 평화와 교류 체제를 구축하는 일이다. 통일 비용이 든다고는 하지만, 통일이 가져오는 온갖 혜택은 그 비용을 넘어선다.

지금의 남북한의 상황을 보면 통일은 시간이 상당히 걸릴 것으로 보인다. 그만큼 분단의 세월이 흘렀고 북한의 특수성을 고려해 볼 때 한반도의 통일은 독일의 통일 과정과는 매우 다를 것이다.

우리는 통일을 두려워하지 말아야 한다. 같은 언어와 풍습, 동족으로서의 공감대가 결국 정치적 통일을 가져올 것이다.

그러나 시간은 걸릴 것이다. 시간이 걸리더라도 한반도가 통일이 되면 8천만 이상의 강국이 되고 대륙과 대양을 잇는 지리적 유리함은 우리를 웅비하게 할 것이 틀림없다.

평화와 교류가 가능하려면 남북한 양국 사이에 큰 신뢰가 있어야 한다. 남북한 사이의 신뢰는 오랜 동안 축적되어야 생길 수 있는 것이므로 우리는 남북한 평화를 위해 지속적으로 힘을 모아야 한다.

그리고 정부와 기성세대가 평화와 교류를 위해 지금보다 더 잘 할 수 있도록 청년들이 채찍질해야 한다.

사실, 한반도의 평화와 통일은 한국 사회의 가장 중심적인 과제이다. 이 과제는 곧 한반도에 사는 모든 사람에게 혜택을 가져다주는 것이므로 더욱 적극적으로 해결해야 한다.

남한의 2030세대는 북한의 정치 체제에 대해 매우 냉담한 편이다. 삼 대째의 장기 집권과 경제적 빈곤에 대해 청년들은 이해하지 못한다.

청년들에게는 남북한이 모두 문제가 많은 사회이다.

그런데 청년들은 그렇지 않은데, 기성세대 안에는 남북한 사이에 갈등을 조장하는 힘이 존재하고 있다. 극단적인 통일론이 있는가 하면 통일과 교류 불가론이 있다.

그러한 주장의 뒤에 아픈 역사적 경험이 있는 것이 사실이다. 그러나 우리는 남북한의 관계를 개선하는 데 차분하고 냉철해야 한다.

아는 분 중에 부친이 북한 공산당에게 순교를 당했지만 결국 그 아픔을 딛고 남북한 평화를 위해 헌신하신 분들이 있다. 기성세대는 아픔을 극복하고 젊은 세대를 위해서라도 평화를 물려줘야 한다. 남북이 각기 다름을 유지하는 속에서도 공존을 유지해 나갈 수 있는 평화와 교류의 체제를 만들어 다음 세대에 넘겨줘야 한다.

기적이 온다

나 자신이 먼저 바로 서야 한다

미국의 유명 배우이자 인권운동, 환경보호운동, 난민보호운동에 앞장서 활동하는 안젤리나 졸리가 2019년 우리나라에 입국했다. 그녀가 캄보디아에서 입양해 키우던 큰아들이 한국의 Y대학에 진학하면서 학부모 자격으로 동행한 것이다. 이때 한국의 언론에서 인터뷰를 하며 아들 또래의 우리나라 청년들에게 해주고 싶은 말을 부탁했다. 그러자 그녀는 거침없이 말했다.

"자신만의 신념을 갖기 바란다. 너희가 옳다고 믿는 가치를 지켜라."

포기할 것이 많아 3포, N포 세대라 불리는 요즘 청년들에게 뼈를 때리는 말이 아닐 수 없다.

물론 그녀가 말한 신념과 가치는 청년 개인만을 위한 게 아니다. 한 사회, 한 시대의 구성원으로서 가져야 할 신념과 가치를 포함하는 것이다.

한국의 2030은 현실과 이상 사이에서 힘들어하고 있다. 신념이나 지켜야 할 가치가 없어서가 아니다. 실현하기 어렵기 때문이다. 정치·경제·사회 면에서 주도적인 입장에 있지 못하니 신념은 개인의 생존과 발전에 필요한 것에 밀리고, 공동체적 이익과 가치는 뒷전이 된다.

이는 청년들의 탓이 아니지만, 원인이 어디에 있든 청년들의 신념과 가치가 이기적이고 청년들의 문화가 사회 공동체와 괴리된다면 그 사회는 미래가 어둡다.

그러면 청년들은 불안정한 현실 속에서 사회와 더불어 건강하기 위해 어떤 신념과 가치관을 가지고 어떻게 실현하며 살아가야 할까?

최근 전 세계적으로 유행하고 있는 감염병 코로나19 사태 속에서 우리나라의 감염병 대처 능력은 세계적 모범 사례로 언급되고 있다. 정부는 빠르고 정확한 진단뿐 아니라 정보를 투명하게 공개함으로써 국민들에게 신뢰를 얻을 수 있었고, 국민들은 정부의 지시와 통제에 적극적으로 협조함으로써 다른 나라의 귀감이 될 만큼 감염병 사태를 조속히 진정시킬 수 있었다.

그런데 이런 상황 속에서도 어느 유학생은 해열제를 복용한 후 열 감지 테스트를 통과하는 식으로 증상을 감추고 공항 검역을 통과했다가 뒤늦게 확진 판정을 받은 경우도 있었다. 젊고 건강한 사람들에게는 치명적이지 않다는 사실만 믿고 귀국 후 다중이용시설을 들락거린 사람도 있었다. 이기적 행동으로 인해 내 가족과 이웃, 공동체 전체가 위기에 빠질 수 있음을 간과한 행위다.

미성년 여성들을 성노예로 만들고 이 과정을 담은 영상물을 제작한 후 유포함으로써 이를 돈벌이 수단으로 삼은 이른바 '박사방', 'n번방' 사건은 우리 사회에 큰 충격을 주었다. 누군가의 사랑스런 딸이며 가족일 어린 여성들에게 비인간적 학대 행위를 한 것뿐 아니라 성폭력 영상을 돈벌이 수단으로 삼은 행위는 도저히 용서할 수 없는 파렴치한 행위이다.

이 두 사건의 범행 당사자는 모두 20대 청년들이다. 이들의 가치관은 이기적 수준을 넘어 가히 사회 파괴적이다. 극단적 예일 수 있으나 우리 주위의 비뚤어진 청년들의 신념과 가치관을 보여준다.

과연 내가 행복하고 만족하기 위해 남에게 해를 끼쳐도 되는 것인가? 그렇게 해서 얻어지는 행복감이 함께 사는 사회 속에서 지속 가능할까?

이제 우리는 우리의 마음을 점검해야 한다. 우리가 우리 자신을 위해 하는 행위는 무책임하고 이기적인 동기에서 하는 것이 아니다. 내가 하는 행위는 자기애와 이웃 사랑(이타)에서 출발해야 하며 여기에서는 자기애와 이타가 분리될 수 없다. 나를 위한 행위는 남들에게도 혜택이 돌아가는 것이어야 한다. 자기애는 이타를 낳는 것이어야 진정한 자기애이다. 남들에게 해가 돌아가는 행위는 자기애의 행위가 아니라 이기적이고 무책임한 행위이며, 이는 지속되지 못하고 결국 몰락하고 만다. 이처럼 자기애와 이타는 구별되면서도 분리되지 않는 것이다.

그래서 나는 이렇게 말하고 싶다. 이타를 행하기 전에 자신을 위해 행하라. 나 자신이 바로 설 수 있어야 다른 사람들을 생각할 수 있기 때문이다. 내가 당당하게 바로 설 수 있게 되면 나의 행위가 이타적 행위로 옮겨질 여지가 생긴다.

그렇다면 나를 위해 무엇을 어떻게 해야 하는가?

첫째, 자아의 중심, 내적 자아를 회복하라

오늘날 청년들은 자기중심성이 강한 반면 자아의 중심은 많이 흔들리고 약화되어 있다. 젊은이들에게 가장 중요한 것은 마음 다스림을 통한 자아의 중심 회복이다.

자아의 중심이란 무엇인가? 그것은 인간의 기본 바탕을 말한다. 그리고 그것은 마음가짐에 의해 결정된다. 마음가짐을 위해 우선 마음 다스림에 들어가야 한다. 흔들리는 마음을 추슬러 평온하고 고요한 내면을 지녀야 한다. 일체의 일은 마음에 의해 결정된다. 그러므로 어떤 마음을 갖느냐가 중요하다.

불교에서 유래한 '심지(心地)'라는 말이 있다. 마음의 밭을 말한다. 이 밭을 잘 갈아서 비옥하게 만들어야 좋은 열매를 맺을 수 있다.

우리의 마음은 수시로 바뀐다. 상황에 따라, 시기에 따라 바뀐다. 어제 옳았던 일이 오늘은 그른 일이 된다. 이처럼 좋았다가도 싫고, 그르다가도 옳다고 생각하는 우리의 마음은 하루에도 수없이 바뀌며 살아가는 과정에서도 바뀐다. 행복을 느끼더니 갑자기 불행해지고, 안정했다가도 불안해지고, 긍정적이었다가 부정적으로 되고, 희망과 절망이 교차하기도 한다. 세상사가 변하면서 내 마음도 변한다.

세상사가 요동치는데 우리의 심지인 마음이 함께 요동친다면 어떻게 되겠는가. 혼란 속에서 갈피를 잡을 수 없게 된다. 이렇게 출렁이는 마음을 다스려야 한다.

그러나 세상사에 따라서 마음도 함께 출렁이는 것은 정상적인 일이다. 변화 많은 세상에 우리 마음도 그에 따라 적응할 수 있어야 한다. 마음이 하나로 굳어져 있으면 얼마나 답답할까. 현실 적응이나 현실 대응이 어려워진다. 마음이 외부의 상황에 따라 변하고 출렁이는 것은 당연하다. 그러나 마음의 표층에서는 파도가 치듯이 늘 변화가 일어나지만, 마음의 심연은 고요해야 한다.

마음의 표층을 의식의 영역이라고 한다면 마음의 깊은 곳은 무의식의 영역이라고 해도 좋을 것이다. 마음의 깊은 곳에는 고요함이 있어야 한다. 그리고 그 고요함 속에서 마음이 창조적이고 선한 것을 소망하고 지향하도록 다스려야 한다.

'마음 다스림(治地, 치지)'의 목적은, 마음을 바로 잡아, 바깥으로는 복잡한 현상 세계의 인과 관계를 바르게 봄으로써 사태를 바르게 이해하고 지혜롭게 행동하게 하는 것이요, 안으로는 고요함 즉 마음에 흔들림이 없는 상태에 이르는 것이다.

이러한 마음의 양방향의 작용은 서로 연결되어 있다. 즉, 의식과 무의식은 상호 작용을 한다.

우리 자신의 내적 자아(inner self)는 마음의 심연 속에 존재한다. 우리의 내적 자아의 중심이 안정되면 우리가 바깥을 향해서 보는 것과 행동하는 것이 안정적이고 바르게 될 수 있다. 내적 자아는 가치관과 지향성으로 구성된다.

이 내적 자아를 치유하고 회복하는 교육을 학교 교육이 해 주지 않았다. 학교 교육은 마음의 바깥 부분 즉 외부를 향하는 부분만 발달시켰다. 학교 교육은 지능 교육일 뿐 내적 자아를 키우는 교육은 방기하고 말았다. 자본주의 시장이 지배하고 있는 사회에서 진행되는 교육에서는 내적인 자아와 마음의 깊이에 대해서 무관심하다. 기능인은 만들 수 있어도 좋은 사람은 만들 수 없다. 이제 우리 스스로가 내적 자아를 형성하여 마음의 고요함 속에 가치관과 지향성을 얻는 과정을 가져야 한다.

내적 자아는 정신분석학에서 무의식 혹은 잠재의식의 영역에 속한다. 이 영역이 건강해지려면 우선 집착을 버리는 훈련을 해야 한다. 집착을 버린다는 말의 중요한 의미는 어떤 대상에 대한 고착을 버리는 것이다. 이는 나에게 일어나는 일에 사로잡혀 고착되지 말고 의연하게 대처하여 가능성으로 반전시키라는 말이다.

아무리 내 처지가 어렵고 위태하다 해도 때가 되면 바뀔 수 있고, 새로운 가능성으로 반전될 수 있다. 반대로, 내 처지가 아무리 좋고 만족스러워도 다르게 바뀔 수 있다. 사태를 고착된 마음으로 보지 말라는 뜻이다.

좋은 습관을 형성하는 것은 내적 자아를 건강하게 만들 수 있는 좋은 방법이다. 제 시간에 자고, 식생활을 고르게 하고, 운동을 함으로써 건강한 신체를 만드는 일 등은 반복된 습관에 의해서 가능하다.

고전 즉 좋은 책을 읽는 것은 내적 자아의 건강에 필수적이다. 이것들은 내가 의식적으로 행하는 것인데 이를 통해 성장하는 것이 내적 자아, 진정한 자아(the self)이다.

내적 자아의 회복은 건강한 마음을 가져온다. 모든 것이 마음에 의해 결정되므로 우리의 운명도 이 마음에 의해 결정된다. 같은 유전자를 가지고 태어난 쌍둥이도 마음의 차이에 의해 운명이 갈린다. 운명은 마음에 의해서 바뀌는 비결정체이다.

'나'는 내 운명의 주인이다.

둘째, 가슴이 무엇을 원하는지를 알라

대부분의 사람들이 자기 자신이 진정으로 원하는 것이 무엇인지를 잘 모른다. 하지만 가슴은 먼저 안다. 내가 좋아하는 타입의 이성이 앞에 나타나면 먼저 가슴부터 쿵쾅거린다. 가슴은 우리가 의식하기도 전에 우리에게 호불호의 신호를 보낸다. 가슴은 보다 근원적인 우리의 마음을 가리킨다. 그것은 마음의 내적 깊이에 있는 무의식과 연관되어 있고, 무의식은 의식보다 빨리 반응한다.

하지만 자기가 좋아하는 일을 생업으로 삼고 사는 사람들이 과연 몇이나 될까? 사람들은 주어진 환경에 적응하면서 산다. 원하는 것을 하며 사는 것은 예외적인 몇몇 사람들이나 가능한 일이라고 생각하며 자기가 원하는 것을 무기한 연기하면서 산다. 이처럼 대부분의 사람들이 현재의 상태를 깨고 새로운 진정 좋아하는 삶으로 들어가기를 두려워한다.

하지만 진정한 예술가는 가슴을 따른다. 자신의 삶 전체를 걸고 작품을 위해 헌신한다. 아무도 걷지 않은 길, 어느 누구도 가르쳐 주지 않은 길을 스스로 개척하고 묵묵히 걸어간다. 앞날을 걱정하지 않으면서.

김봉준
(화가)

민중화가 김봉준은 이렇게 썼다. "예술인은 지금을 위하여 미래를 잊어버리는 자요, 여기 지금의 의미와 기쁨을 위하여 내일을 걱정하지 않는 자"인데, 일반인들은 "미래를 위해서 지금을 잊고 사는 자"이다. "지금 여기서 나를 즐겁게 할 수 있는가? 지금 나를 위로할 수 있는가? 나의 가난한 영혼을 살아나게 하는가?" 무엇이 나를 즐겁게 하고, 행복하게 해 주는가? 이것을 위해 미래를 의식하지 않고 현재에 뛰어드는 사람이 예술가이다.

어떤 사람은 나이가 들어서 자기가 진정 원하는 것을 발견하고 뒤늦게 시작한다. 대부분의 사람들은 평생 이것저것 기웃거리다가 삶을 마친다. 하고 싶은 것 제대로 해 보지 못하다가 버킷 리스트(죽기 전까지 꼭 하고 싶은 일들)만 늘어난다.

청년들은 자기가 무엇을 하고 싶은지를 알아봐야 한다. 그러기 위해서는 해외에도 나가 보고, 여러 경험들을 쌓을 필요가 있다. 국내외 많은 곳에서 다양한 경험을 겪어 보면 내가 진정 무엇을 원하는지 알게 된다.

내가 가르쳤던 학생들도 해외에 나가서 연수나 work-study를 해본 학생과 안 해본 학생 사이에 큰 차이가 있었다. 해외에 오래 체재하거나 일해 본 학생은 미래에 대해 더 적극적이고 자신감이 있었다.

혼자 무엇인가를 해본 청년들은 뭔가 다르다. 그들은 삶에 계획을 가진다. 내가 무엇을 원하는지를 의식한다.

스티브 잡스가 청년들에게 준 충고를 되새길 필요가 있다.

"당신들의 가슴을 따르라. 그리고 당신이 사랑하는 일을 찾아라. 연인을 사랑하듯 그 일을 사랑하라."

사랑하는 연인을 찾듯이 내 인생의 목표를 찾아야 한다. 내 가슴을 뛰게 하는 목표를 찾아야 한다. 그리고 연인의 마음을 얻기 위해 두려움을 넘어서 나를 던지는 것처럼 하고 싶은 일을 위해 두려운 마음을 던져 버리고 뛰어들어야 한다. 이루어질 때까지 붙들고 씨름해야 한다.

창세기 32장에 이스라엘의 조상 야곱이 얍복 개천가에서 하나님과 같은 존재와 맞붙어 씨름하는 이야기가 나온다. 야곱이 끈질긴 것에 하나님이 감동했다. 그리고 날이 밝아져 야곱을 이길 수 없음을 안 하나님은 이만 놓아 달라고 한다. 야곱이 축복을 얻기까지는 놓지 않겠다고 하니, 결국 야곱에 축복을 주었다는 이야기이다. 청년들은 야곱과 같이 운명의 신과 씨름해야 하며 거기에서 결실을 맺을 때까지 맞붙어야 한다.

자신만의 적합한 목적을 찾는 것이 사회 초년생의 필수적인 과정이다. 목적을 찾았으면 이제 그 목적을 이루기 위해 씨름해야 한다.

내가 좋아하는 화가 빈센트 반 고흐는 대책이 없는 사람이었다. 그러나 하루하루를 최선을 다해 자기가 좋아하는 그림을 그렸다. 그는 자신을 이렇게 표현했다.

“다른 이들의 눈에 나는 누구인가, 비존재, 괴상하고 불쾌한 사람, 사회에 어떠한 자리도 없으며 앞으로도 결코 없을 사람, 간단히 말해, 가장 낮은 자 중의 낮은 자? 그것이 절대적 정말일지라도 나는 괜찮다. 그러나 나는 그럼에도 불구하고 언젠가 내 작품을 통해 그런 별나고 비존재인 사람의 가슴에 있는 그 무엇인가를 작품으로 보여주고자 한다. 이것이 내 진정한 욕망이다. 이 욕망은 분노에 기초한 것이 아니라, 모든 것을 넘어선 사랑에 기반한 것이다. 이 사랑은 열정보다는 고요한 마음에 기반한 사랑이다. 나는 가끔 비참의 구렁텅이로 떨어진다. 그럼에도 내 안에 있는 진정한 화해와 음악이 평온 속에서 내 안에 거한다. 나는 가장 누추한 시골집이나 가장 불결한 골목에서 그림과 회화를 본다. 내 마음은 이러한 대상들을 향하여 저항할 수 없는 속도로 질주한다."

우리 청년들은 위대한 사람들의 이야기에서, 특히 위대한 예술가들로부터 배울 수 있기 바란다.

그들은 현재를 중시했다. 현재에 전념한다. 미래는 현재의 결과일 뿐이다. 미래를 미리 기획하는 것이 아니라, 현재에 자기를 전적으로 던진다. 현재는 이처럼 목적적인 것이지만, 동시에 그것은 새로운 미래를 여는 수단이며 과정이다. 우리의 지금 현재는 새로운 역사를 여는 출구이다.

철학자이자 문학평론가인 발터 벤야민은 이렇게 말했다.

"시간의 매 순간은 메시아가 들어올 수 있는 좁은 문이다."

모든 현재가 새로운 것, 구원을 창조할 수 있는 순간이 된다는 말이다. 현재를 목적적으로 살자. 오늘을 내 생애 최고의 날로 삼자.

매일매일이 다른데, 가장 힘든 날들을 보내고 있는데 어떻게 내 생애 최고의 날이 될 수 있느냐고 물을 수 있다. 그러나 내가 원하고 좋아하는 일을 할 수 있으므로 최고가 될 수 있다.

혹자는 그런 일이 지금 안 되고 절망 상태에 있는데 어떻게 생애 최고의 날이 될 수 있겠는가 묻는다. 이에 대한 답으로 잘 알려진 바이오 기업인 셀트리온의 서정진 회장의 예를 들고 싶다.

서정진
(셀트리온 회장)

흙수저 출신인 서정진은 1997년 IMF 사태가 터져 잘 나가던 대우그룹이 파산하면서 임원직에서 물러나 실직자가 되었다. 당시 나이 42세였다. 재기하려고 이런저런 사업을 해보았지만 계속 실패였다. 샌프란시스코로 건너가 창업 준비를 했다. 그러나 여의치 않아 아르바이트까지 하며 고생했다. 천신만고 끝에 미국 제약회사의 백신 기술을 이전받아 한국에서 사업체를 차렸다. 그러나 임상 실패로 사업이 거덜 났다. 자살을 시도한 그날이 바로 새로운 날, 구원의 날이 되었다. 죽음을 무릅쓰니 일이 차츰 풀리기 시작했다. 그리고 지금의 셀트리온의 신화가 이루어진 것이다.

모든 사람들이 다 이런 해피 엔딩을 경험하는 건 아니다. 그러나 매순간, 특히 가장 어려운 순간이 새로운 문이 열리는 순간이 될 수 있다.

실의에 빠져 있는 이들, 방향을 잡을 수 없는 이들, 다음 단계를 생각하는 이들에게 필자가 줄 수 있는 조언 중 하나는 여행을 떠나라는 것이다. 외국 여행을 떠나면 더욱 좋다. 떠나되 대도시의 모텔이나 유스호스텔에서 지내기보다 자전거를 빌려 강을 따라 산천을 구경하며 강변 근처의 도시들도 방문하고, 강가의 와인집과 카페도 들러 보고, 텐트도 쳐 보라.

유럽을 권하고 싶지만 그게 여의치 않으면 우리나라도 좋다. 우리나라는 산천이 좋고 자건거길도 잘 구비되어 있다. 텐트 치고 버너로 끼니를 때우며 호젓하게 혼자의 시간을 가져 보라. 밥해 먹으며 여행하기 좋은 기간 중 몇 달을 할애해 여행을 다니며 자기 내면을 들여다보라.

어떤 이는 무조건 걷는다. 걸으면서 산천을 보며, 세상을 보며, 자기의 내면을 들여다보는 시간을 가진다.

여행은 내 가슴이 무엇을 원하는지를 알려준다. 그리고 내가 미처 몰랐던 나를 찾게 해 준다.

나도 자전거로 유럽 여행을 한 적이 있다. 텐트촌에서 혼자 긴 여행을 하는 유럽 청년들을 만났다. 그들은 삶을 긍정적으로 보고 희망을 가지고, 앞으로의 일을 숙고하며 여행을 즐기고 있었다. 그들은 자기가 좋아하는 일을 하면서 살 것이다. 그것이 자기에게 만족을 줄 것이므로 그 일에 매진할 것이다.

셋째, 가슴이 정해 준 길에 뛰어들어라

가슴이 시키는 일이 당장 돈이 되지 않는 경우가 많다. 그래서 사람들은 가슴을 쫓지 않고 머리를 쫓아서 돈이 되는 일을 한다. 그것이 경제적 미래를 보장하기 때문이다. 그러나 그러면 가슴이 자꾸 말을 건다. 하지만 결국 가슴이 원하는 일로 되돌릴 수 있는 시간을 놓치고 만다.

그러므로 우리는 미래를 생각하지 않고 오늘에 뛰어들 필요가 있다. 내일 일을 미리 걱정할 필요가 없다. 오늘 내 가슴이 시키는 일에 충실하면 된다. 그러면 미래는 신과 운명이 보장해준다. 이것이 창조적인 사람의 믿음이다.

팝 음악 작곡가이자 BTS 그룹을 만든 방시혁은 음악 이외의 다른 삶은 생각할 수도 없고 음악을 못 하면 살 수 없을 것 같은 절박함과 열정으로 살았다고 한다. 그의 삶은 음악에 대한 열정 외에 다른 무엇으로도 설명할 수 없는 삶이었다고 한다. 가슴이 시킨 일에 무조건 뛰어든 것이다.

가슴이 시키는 일에 뛰어드는 사람은 남다른 열정을 보일 수밖에 없다. 자신이 진정 원하는 일이기 때문이다. 그러나 실패는 늘 문밖에서 기다린다.

다시 서정진 회장의 이야기로 돌아가 보자.

모든 사업에 실패한 서정진은 바이오산업에 문외한이었다. 약학을 전공하지도 않았다. 그런데 미국의 한 호텔에서 우연히 바이오시밀러(바이오 의약품 복제약) 사업에 대해 듣고 순간적으로 이 분야의 사업성을 확신하게 되었다. 그 후 그는 의학 관련 책 수백 권을 탐독하고, 바이오 선진국 40개국을 돌며 최신 동향을 파악하며 전문가들에게 자문을 구했다고 한다. 그것이 자신이 하고 싶은 일이라고 판단했고, 그것을 위해 최선을 다해 뛰었다.

자기가 좋아하는 일을 찾은 사람들은 그 일에 열중하기 때문에 자의식을 극복하게 된다.

20대, 30대 사회 초년생 시기에 자의식이 강하게 작동한다. 이 시기에 본격적인 사회 활동에 들어가기 때문이다. 학생 시절에는 부모나 어른의 보호 아래 성적을 놓고 경쟁하는 삶을 살기 때문에 자의식이 충분히 성장하지 못한다. 자의식이 성장하면서 사람들 사이에 내가 있음을 알게 되고 그들과의 역동적인 관계 속에서 나의 위상을 찾는다. 자의식은 여러 사람들 사이에, 그리고 특정한 상황에 놓여 있는 자신을 의식하는 것이다. 자의식은 자기의 형편, 자기의 상황, 즉 자기의 현주소를 아는 데 도움이 된다. 그러면서도 자의식은 내가 좋아하는 일을 하는 데 걸림돌이 될 수도 있다.

좋아하는 일에 집중하는 것이 정상이다. 그러나 자의식이 발동하여 집중을 방해할 때가 많다. 자의식은 사람을 소심하게 만들 수 있다. 세상 사람들의 눈치를 보게도 한다. 자의식이 강하면 집중하지 못한다. 좋아하는 대상에 집중하는 것이 정상이며, 그렇지 않다면 태만이요 자기 포기라고 하겠다.

엔터테인먼트 기업 SM 창업자 이수만도 마찬가지이다. 그는 좋은 대학에서 장래가 유망한 공부를 하고 있었다. 부모들은 이수만이 공부를 해서 좋은 교수나 학자가 되기를 원했다. 그래서 미국 유학도 했다. 그런데 이수만의 가슴은 음악과 예능에 가 있었다. 거기에 포기할 수 없는 사랑의 마음이 있었던 것이다. 오래 헤매다가 결국 그는 그의 가슴이 시키는 일로 돌아와 K-Pop을 일으켰다. 이수만이 K-Pop으로 세계적인 선풍을 일으켰고, 다시 방시혁의 BTS를 통해 한국의 음악을 정상으로 올려놨다.

이수만
(SM엔터테인먼트 회장)

이수만이 미국 유학 중에 했던 공부나 견문이 결코 헛수고는 아니었다. 그가 공부한 컴퓨터 공학은 나중에 그의 댄스 음악 제작과 공연에 큰 도움이 된다. 실제로 미국에서의 경험은 큰 힘이 되어 주었다. 이수만은 미국 흑인 음악, 힙합, 록 등을 배우고, 그것을 한국의 상황에 적용했다. 그리고 일본, 중국, 미국, 아시아, 유럽 등 세계로 나아갔다. 이수만의 회사 SM은 H.O.T., S.E.S., 신화, 보아, 동방신기, 수퍼

주니어, 소녀시대를 키워 내고, 세계적으로 한류를 창조해 냈다.

모든 새로운 것은 배우는 과정에서 응용되어 나오는 것이지 완전히 제로에서 잉태되는 법은 없다. 특히 세계와 호흡을 같이하며 최첨단을 창조할 수 있을 때 세계적이 된다. 한류를 세계적인 리더로 이끈 방시혁이 이를 잘 보여주고 있다.

방시혁
(빅히트엔터테인먼트 대표)

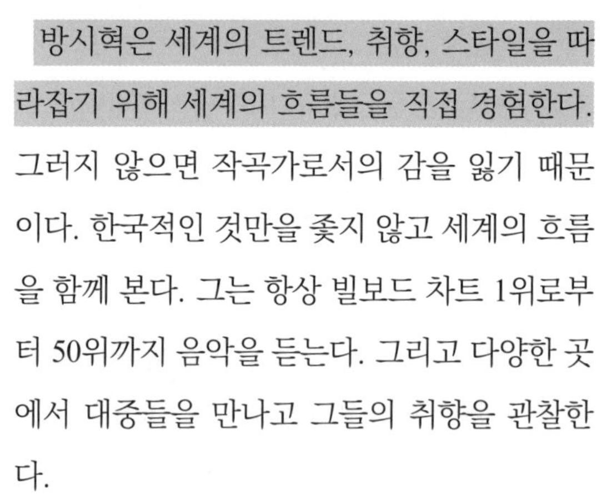

방시혁은 세계의 트렌드, 취향, 스타일을 따라잡기 위해 세계의 흐름들을 직접 경험한다. 그러지 않으면 작곡가로서의 감을 잃기 때문이다. 한국적인 것만을 좇지 않고 세계의 흐름을 함께 본다. 그는 항상 빌보드 차트 1위로부터 50위까지 음악을 듣는다. 그리고 다양한 곳에서 대중들을 만나고 그들의 취향을 관찰한다.

이제 한국의 신화는 세계의 신화로 이어지고 있다. SM과 BTS에서 확인할 수 있고, 셀트리온에서, 무엇보다 삼성, 현대, LG에서 확인할 수 있다. 2030은 세계화의 가능성 속에서 살고 있다. 2030이 한국을 넘어서 세계를 경험하는 것이 중요하다.

가슴이 시키는 일에서 성공을 이룬 사람들이 평탄한 길을 걸은 것만은 아니다. 서정진, 이수만이 그랬다. 이들은 세계를 들여다보고 거기서 앞서 나간 기업이나 인물들로부터 배웠다. 그리고 그것을 한국적으로 변형시켰던 것이다. 그리고 그것을 다시 세계에 내놓았다. 이렇듯 우리는 세계와 지역(한국) 사이의 상호관계를 활성화하고 유지할 필요가 있다.

성공을 보장하는 길은 바로 자신의 가슴이 사랑하는 것을 하는 것이다. 내가 사랑하는 일을 다른 사람들이 어떻게 볼까 의식할 필요가 없다.

흙수저 김범수는 IT기업 카카오를 창립했다. 그는 젊은이들이 스스로를 달달 볶으며 살아야 하는 이 세상에 이의를 제기했다. 그리고 "힘들수록 내가 좋아하는 것, 내가 잘하는 것에서 출발하자."고 다짐했다.

김범수
(카카오 의장)

김범수는 가난해서 아르바이트를 하며 대학생활을 했다. 게임과 당구를 매우 좋아했다. 사업에 뛰어들었다가 미국으로 건너가 별로 하는 일 없이 빈둥거리며 놀았다고 한다. 그러다가 카카오톡이라는 의사소통 공간 플랫폼을 만들었고, 이를 기반으로 사업을 일으켰다.

그의 말처럼 가장 확실한 것은 내 가슴이 시키는 일, 내가 좋아하는 일을 하는 것이다. 결국 그것이 내 삶을 보호해 준다. 내가 좋아하는 일이므로 내가 끈덕지게 붙잡고 놓지 않기 때문이다.

그렇다고 모두가 다 성공을 이루는 것은 아니다. 다만, 내가 좋아하는 일은 나에게 만족과 행복을 줄 것이므로 우리도 가슴을 좇아 살자는 것이다. 그러다 보면 적어도 작지만 무엇인가를 이룰 수 있을 것이다.

넷째, 좋아하는 것에 집중하여 나를 잊어버려라

삼매라는 말이 있다. 독서삼매란 독서에 집중하여 나를 잊어버린 상태를 말한다. 대상에 집중하면 자신은 사라지고, 그 대상만이 남는다. 대상에 집중하므로 내가 지금 배가 고픈지, 피곤한지를 모른다. 잡생각에서 벗어난다. 대상이 나의 전부로 다가오기 때문이다. 대상과 내가 일체가 되어 버림으로써 더 이상 나는 존재하지 않고 대상만 존재한다. 이는 곧 나를 얻는 것이요, 나의 구원이 된다.

우리가 무엇을 배우거나 발명하려면 그것에 주의를 집중해야 한다. 내가 몇 날, 몇 시간을 그것에 집중했는지 의식 못하는 경지가 진짜 집중이요, 삼매이다.

좋아할 대상을 찾았는데 집중하지 못할 때가 많다. 마음이 산만하기 때문이다. 산만해서 그 대상에 집중할 수 없다. 집중하며 자신을 잊어버려야 하는데 다시 자의식으로 돌아가서 이런저런 생각과 걱정에 빠져 집중할 수 없게 된다. 이것이 산만이다. 산만한 사람은 좋아하는 것을 찾아도 얻기 힘들다.

화가 빈센트 반 고흐는 말했다.

> "나는 내 일에 나의 가슴과 영혼을 쏟아 부으면 그 과정 가운데 나의 마음을 잃어버리게 된다."

고흐는 일 속에서 자주 삼매에 들어갔다. 그 과정에서 배고픔도 걱정도 잊을 수 있었다.

선방이나 토굴에 들어가서 수행하는 스님들은 화두를 가지고 묵상하며 삼매의 경지에 들어간다. 이것을 화두 삼매라고 한다. 화두에 완전히 빠져서 일체 번뇌와 망상이 사라지고 지금이 몇 시이고 내가 어디에 있는지 모를 정도로 나와 화두가 하나가 되어 몰입된 상태를 말한다.

우리가 가슴으로 좋아하며 추구하는 대상을 놓고 몰두하는 것도 이와 같다. 가슴이 시켜서 하는 일은 우리 자신을 잃어버리게 한다. 나의 자의식이 사라진다. 자의식이 사라지고, 자아는 새로운 경지로 진입해 들어간다.

몰두하는 과정에 있는 사람들은 이전의 자의식이나 의식을 넘어서 새로운 의식을 얻는다. 그것은 정말로 새로운 의식이요, 자아이다. 이전의 의식과 생각으로는 도저히 가능하지 않은 일들이 가능해진다. 자기가 하는 일에 사랑과 흥미를 갖고 있기 때문이다. 이들에게 결실이 없을 수 없다. 당장 결실이 없을 수도 있지만 언젠가는 있게 되는 것이 인생의 법칙이다.

집중하여 내 자신을 잃게 되면, 지금까지의 자의식이 사라진다. 나의 꼬락서니를 잊어버리기 때문에 불가능해 보이는 대상에 집중할 수 있다.

자의식으로 접근하면 나는 그것을 못할, 한계가 있는 존재라고 인식하므로 대상에 집중하지 못한다. 자의식의 테두리에 갇히면 자신을 고착시키고, 그 고착에 집착하게 되며, 자신의 무한한 가능성을 보지 못한다.

삼매의 목적은 자기 자신(지금의 자의식)을 잊는 것이며, 지금의 자신을 넘어서는 것이다. 그러면 삼매는 자아의 깊이를 확인해 준다.

집중과 삼매를 경험해 보지 않은 사람들은 삶의 깊이를 모른다.

삼매, 즉 집중함으로써 나를 잊는 것 자체가 궁극적인 목적은 아니다. 그러나 그런 집중의 경험이 없는 사람은 삶을 제대로 살아 보지 못한 것이나 마찬가지다. 매순간 자기 자신을 잊을 만큼 삶에 집중해 보지 않고는 삶의 묘미와 깊이를 모른다.

그런데 집중이 자기 자신의 확장을 위한 것으로 본다면 이는 큰 착각이다. 집중은 보편적이고 건설적인 가치를 추구하는 것이어야 한다. 자기가 좋아하는 일에 집중하는 것을 통해서 타자 사랑, 소통, 평화, 인류애 등 보편적 가치를 실현하는 것이다.

미국의 억만장자들 중에는 자기 재산을 자식들에게 물려주지 않고 사회에 환원하고, 청교도적인 정신으로 무소유에 가까운 소박한 삶을 살면서 여생을 이타적인 활동으로 보내는 사람들이 많다. 우리 사회에도 이런 이들이 많아지면 좋겠다. 그런 사람들이 많은 사회일수록 건강한 사회가 된다. 종교개혁가 마르틴 루터의 다음 말은 개인의 인격이 사회 전체에 어떤 영향을 미치는가를 잘 말해 준다.

> "한 국가의 번영을 결정짓는 것은 풍부한 재정이나 튼튼한 요새나 아름다운 공공건물이 아니라, 교양 있는 시민이 많은가 하는 것이다. 즉 '깨어 있는' 인격자들로 구성되어 있는가가 한 국가의 번영을 결정짓는다는 말이다."

집중과 삼매의 궁극적인 목적은 자아의 확장이나 소유가 아니라 공유와 공생이다. 집중과 삼매는 그 자체로 삶을 풍부하게 해 주지만, 거기에 머무르는 것이 아니라, 자기의 풍부한 삶을 타자들에게 확장하는 것을 목적으로 한다. 대승 불교적으로 말하면, 자신이 이루어낸 공덕을 자신에게만 돌리는 것이 아니라, 타자에게 돌리는 것(회향, 廻向)이다.

위기는 기회다

우리나라 2030 세대는 요즘 많이 불안하다. 코로나 바이러스 사태로 직장 구하기가 더 어려워졌고, 다니고 있는 직장도 위태롭다. 아무리 전념하고 집중해도 기회가 오지 않는다. 이런 상황에서 마음을 다잡고 내가 사랑하는 일에 뛰어들기는 정말 어렵다. 당장 아르바이트 일자리 구하기도 힘든데 가슴이 향하는 일에 무조건 뛰어들라니, 엄두가 안 나고 무모하기만 해 보인다. 자의식은 이렇게 말한다. "가슴이 원하는 것을 좇다 보면 쪽박 찬다." 머리에서 나오는 계산적인 생각들과 가슴이 부딪친다.

위기를 가장 먼저 느끼는 것은 가슴이다. 마음이 위축된다. 위축되고 두려운 마음으로는 당면한 위기를 극복할 수 없다. 이런 때일수록 기본에 충실해야 한다. 그리고 사태를 조망하고 잘 들여다보아야 한다. 어디가 해결의 고리인지를 찾아서 공략해야 한다.

셀트리온의 서정진 회장은 사업 실패 후 샌

프란시스코 선착장에 있는 음식점에서 접시닦이를 하면서도 미국 바이오 회사와 기술 계약을 따내기 위해 계속 문을 두드렸고, 결국 바이오시밀러 회사를 세울 수 있었다.

그는 위기의 상황에서 두려움에 위축되지 않고 얽혀 있는 고리가 어디인지를 찾아서 공략했다. 마음을 다스릴 수 있어야 이런 역전이 가능하다.

기적은 계속되고 있다. 최근에 미국 영화계의 아카데미상을 휩쓴 봉준호 감독의 영화 '기생충'이 있었는가 하면, 방시혁의 방탄소년단(BTS)의 앨범이 빌보드 차트 1위를 4차례 연속으로 석권해 내는 기염을 토하였다. 이런 일들은 청년들에게 꿈을 심어 준다.

봉준호
(영화감독)

코로나 바이러스의 대유행(펜데믹)을 효과적으로 차단한 한국 의료 보장 시스템의 탁월함과 훌륭한 방역 체계와 의료진들의 헌신 그리고 국민적인 단합은 세계인들에게 한국의 가능성을 보여주었다.

정은경 질병관리본부장은 차분하면서도 흔들림 없이 그리고 지혜롭게 Covid-19 방역 활동을 잘 지휘해 세계적으로 국격을 격상시킨

정은경
(질병관리본부장)

새로운 영웅으로 자리매김하고 있다.

정은경 본부장 또한 가슴이 원하는 것을 따른 또 한 사람의 영웅이었다. 그는 의과대학을 졸업한 후 의사로 개업하지 않고, 전염병에 대한 공부와 실무 경험을 쌓아 그 분야의 독보적인 전문가로 성장했고, 코로나 국난에 그동안 쌓은 역량을 제대로 발휘할 수 있었다. 가슴을 따르는 사람이 시대를 만나면 숨어 있다가도 밝게 드러난다.

문재인
(대통령)

코로나 바이러스 대유행의 위기에 지도력을 인정받은 정치인은 문재인 대통령임을 부인할 수 없다. 문재인 정부가 추진해 온 한국의 민주주의적 대책이 코로나 위기 상황에서 무기력하거나 혼란한 것이 아니라 사회적 역량을 집중하고 발휘할 수 있음을 보여주었다.

문재인 정부는 권위주의적이거나 전체주의적인 방법이 아닌, 그리고 록다운(Lockdown, 국경폐쇄, 이동 금지)이 아닌, 개방적이고 민주주의적인 방식으로 방역, 검사, 치료 활동을 전개함으로써 외국과의 좋은 관계를 맺으면서 팬데믹(pandemic, 대유행)을 이겨나가고 있다. 동시에 지방자치 단체들도 중앙정부의 대책활동에 적극적으로 참여했다. 특히 서울시의 박원순 시장과 경기도의 이재명 지사의 발빠른 선제적인 대처는 수도권에서의 방역에서 큰 성과를 보였다. 이번 방역활동에서 각 지자체들의 능동적인 방역활동은 매우 인상적이었다. 지방자치제도의 성공을 보여주는 단면이다.

박원순 서울시장은 코로나 바이러스 전염의 주요 진원지였고 이른바 반사회적 행태를 보여 온 신천지에 대해 법인설립허가를 전격취소하고, 인구밀집지역인 서울의 다중이용시설들에 대한 방역활동을 철저히 하는 등 공직자의 책임을 다하는 모습을 보여주었다. 이재명 경기지사는 도민의 생활 안정화를 위해서 재난기본소득이라는 이름으로 지원금을 도입하고 지급했다. 나아가서 중앙정부는 모든 국민에게 재난지원금을 지급하고 있다. 이러한 모든 노력들은 시민들의 삶의 안정화와 경제의 활성화를 열어 줄 것이다.

박원순
(서울시장)

지금 한국은 정부, 지자체, 그리고 시민들의 자발적인 참여에 의해, 마스크 유통, 사회적 거리 두기, 확진자 동선 파악 등에서 혼란이나 실수가 없었고, 사재기도 없으며, 전염병 감염자와 희생자를 최소화하고 있다. 이 모든 경험들은 한국을 다시 일으킬 '사회적 자본'이 될 것이다. 이러한 눈에 보이지 않는 사회적 자본이 한국을 더 크게 발전시킬 것이다.

코로나 바이러스 대유행 이후 세계는 완전히 달라졌다. 그동안 콧대 높고 우월의식에 사로잡혀 있던 미국과 서구 세계, 그리고 일본이 대유행을 맞아 추락하고 있다. Covid-19 사태로 그동안 선진국으로만 여겨졌던 나라들의 진면목이 드러났다. 미국에서 사재기로 생활필수품이 동나고 있을 때 한국은 사재기가 없었다. 미국이나 다른 선진국에서 수많은 사상자를 내고 혼란에 빠져 있는 데 반해 한국은 안정세를 보였다. 많은 해외 교민들이 한국인으로서 자부심을 갖게 되었다.

Covid-19 이후 한국이 다시 일어설 수 있는 기회를 맞고 있다. 예전에는 일어날 수 없었던 일들이 지금 일어나고 있다. 선진국들이 우리의 마스크와 진단 키트를 요청하고 있다. 백신개발에서도 한국이 앞장서고 있다.

이런 기적을 이어 가야 한다. 우리는 할 수 있다. 마음을 잡고 정진하면 못할 것이 없다. 나는 못할 것이라는 고착의 프레임에서 벗어나야 한다.

불안한 시대일수록, 전망이 어두울수록 오히려 기회가 온다. 마음 중심을 바로 잡고 기본으로 돌아가야 한다.

외적으로는 당면한 현상과 접촉하면서 역동적으로 활동하지만, 내적으로는 흔들리지 않는 중심, 즉 사랑, 공동체, 정의의 지향성을 가지고 가슴이 시키는 것을 쫓는 사람들, 그런 사람들이 많아질 때 역동적이고 창조적인 다양한 문화가 피어나는 사회, 우리 모두가 꿈꾸는 사회가 만들어진다.

이미 이런 움직임은 이미 소수의 선각자들에 의해서 시작되었고 점점 확산되고 있다. 이것이 2030에게로 확산될 수 있기를 간절히 바란다.

| 에필로그 |

미래는 오늘의 창조물

지금까지 2030 청년들에 대해 이야기했다.

그것은 즐김, 사랑, 가슴, 주체성, 정직, 정의 등의 언어들을 중심으로 엮은 이야기이다.

호모 루덴스(homo ludens), 즉 노는 인간, 느리고 여유를 갖는(slow) 인간이 탄생해야 한다. 동시에 호모 엠파티쿠스(공감하는 인간, homo empathicus), 호모 레시프로칸스(상호적 인간, homo reciprocans), 그리고 무엇보다도 호모 에티쿠스(윤리적 인간, homo ethicus)가 우리 사회의 주류가 되어야 한다.

청년들이 자신이 사랑하는 일을 하며 함께 협력하고, 함께 여유를 가지며 삶을 즐기고 있다는 이야기가 많이 들려지기를 바란다.

그러나 현재는 청년들을 위한 일자리가 부족하고, 특히 청년들이 원하는 일들이 부족하다. 청년들은 이런 환경 속에서 애를 쓰며 살고 있다.

부모 세대는 이들에게 물질적으로는 아니더라도 정신적으로 지지해 주어야 한다. 청년들이 원하는 것을 하도록 적어도 묵인해 주어야 한다.

일자리를 통해 생산 활동에 참여하는 것은 청년들의 절실한 소망일 뿐 아니라, 한 사람으로서, 가족과 사회의 일원으로서 설 수 있게 하는 필수 요소이다. 그러므로 일자리 창출이 가장 중요하다. 일자리 창출은 국가가 다 할 수 없고, 사회와 기업, 개인 모두가 나서야 한다.

직장은 건강한 자기 정체성과 인간성을 보장해 준다. 그러나 지금의 산업사회는 이른바 '무용 계급'을 양산하고 있다. '무용(useless)'이라는 단어를 사람들에게 적용하는 것 자체가 문제다. 세상의 어떤 사람도 무용하지 않다! 모든 사람이 자기의 역할과 기능과 존재 이유를 갖고 있다. 국가와 사회는 그런 관점에서 접근해야 한다.

각 사람이 어떤 형편에 있더라도 제 역할을 찾아 나갈 수 있도록 지원 체제를 갖춰야 한다. 이른바 '사라진 청년들'을 찾아서 불러내고 그들이 자기 일을 찾아갈 수 있도록 상담 체제도 갖추어야 한다.

이들은 부모의 집에 얹혀(?) 살고 있거나, 반지하 단칸방이나 고시원 작은 방에서 기거하기도 한다.

우리 사회는 성공한 화이트칼라 청년들을 자주 보도해 주지만 가려지고, 숨겨지고, 보이지 않는 청년들에 대해서는 무관심하거나 문제시한다. 이들이 나이가 들어 가면서 우리 사회의 구석에 처박혀 지내고 있다. 이들이 스스로 밝은 공간으로 나올 수 있어야 한다.

'사라진 청년들', 숨어 있어 보이지 않고, 어깨가 움츠려진 청년들이 밖으로 나와서 같이 즐기고, 같이 일할 수 있어야 한다. 함께 그리고 홀로 재미있게 살아가는 방법을 모색하고 서로 배울 수 있는 기회를 만들어야 한다. "열심히 즐기며 일하다 보니 이루었네." 하는 경탄이 들려야 한다. 성취의 사건들이 터져 나와야 한다.

그런 사회를 만들어야 하는데, 이는 결국 경제적인 여유에서 비롯된다. 작은 경제적 여유를 제공하려면 일정 액수 이하의 수입을 가진 청년들에게 최소한의 삶을 살 수 있는 기본소득 또는 사회적 임금을 지불해야 한다.

이것은 한국의 국가 재정으로 감당할 수 있다고 본다. 그리고 기본소득을 보장해 줄 뿐 아니라, 청년들이 의미 있게 사회 속에서 살아갈 수 있는 방법을 가르치고 인도하는 서비스와 프로그램을 국가와 사회가 마련해야 한다.

청년들이 스스로 살아가는 법을 찾아가야 하겠지만, 국가가 도와야 한다. 그러기 위해서는 청년들의 스스로 살아가는 이야기들을 국가와 사회가 널리 퍼트려야 한다. 이런 이야기들이 사회의 미담이 되어 다른 청년들에게 좋은 영향을 미친다. 좋은 이야기들이 이 사회에 많이 돌아다녀야 한다.

청년들은 스스로 미담의 사건을 일으켜야 한다. 젊음이 그런 사건을 일으킬 수 있는 동력이 된다.

청년들이 겪는 온갖 어려움, 그리고 그 속에서 가졌던 즐거움, 보람, 소망이 이야기로 들려져야 한다. 좋은 이야기들을 찾아야 하고, 창조해야 하고, 발견해서 나눠야 한다. 그러면 그것을 듣고 다른 사람들도 동참한다. 이야기와 사건이 서로 선순환 작용을 한다. 사건이 있으면 그것은 이야기로 전달된다.

새로운 사건을 꾸준히 만들어 나가야 한다. 그리고 좋은 이야기에 의해서 성장하는 사회 자본, 인간 자원은 새로운 사건을 일으키는 텃밭이 된다.

새로운 사건이 없는 사회는 정체될 수밖에 없고, 타성에 젖게 된다. 새로운 이야기를 동반할 사건들을 만들어 나가는 것이 오늘의 우리의 중요한 과제이다.

"그것은 사건이었어." 하는 경탄의 소리가 들려 나와야 좋다. 좋은 이야기들 속에서 우리는 발전한다.

지금 우리 사회에서 회자되고 있는 이야기들은 어떤 것인가? 우리에게 힘이 되는 이야기들인가, 아니면 힘 빼는, 자기 패배적인 이야기인가?

우리에게 들려지는 이야기들 중에는 현실을 알려주는 이야기도 있고, 현실을 틀리게 말해 주는 이야기도 있고, 현실을 넘어서게 하는 이야기도 있다. 이중에서 현실을 틀리게 말하는 이야기를 빼면 다 필요한 이야기이다.

우리는 이야기에 의해 만들어지는 동물이다. 같은 일들도 어떻게 이야기하느냐에 따라 그 결과가 바뀐다. 같은 조건의 사람들이 운명이 달라지는 것은 이러한 원리에서다. 우리에게 주어진 조건들을 어떻게 엮느냐에 따라 우리의 미래가 바뀐다.

나는 이 책에서 청년들이 처해 있는 현실 조건 속에서 현실 변혁을 위한 이야기를 엮어 보려고 했다. 같은 조건들을 어떻게 엮느냐에 따라 미래가 정해진다. 부정적으로, 비관적으로 엮으면 미래가 어두워질 것이고, 진취적이고 긍정적으로 엮다 보면 미래가 밝아질 것이다.

우리에게 미래가 있을까? 미래는 어떻게 될지 모른다. 우리의 미래는 우리가 지금 하기에 달려 있다. 우연한 미래는 없기 때문이다.

미래는 아직 없고, 현재만 있을 뿐이다. 현재는 지금까지 한 것의 결과물이다. 그러므로 미래를 걱정하지 않고 지금 당면한 문제들을 풀어 나가야 한다. 당면한 문제들을 풀어내고, 다음의 일을 준비하고 또 도전하다 보면 무엇인가를 이룰 수 있다.

이것을 믿어야 한다. 기성세대는 오늘의 청년들이 직면한 문제들을 직시하고 동참해야 하고, 청년들의 노력을 격려하고 도와주어야 한다.

나름 잘 사는 기성세대는 세금을 더 내는 것을 두려워하거나 반대하지 말자. 기성세대는 젊은이들 사이에 불평등이 없도록 대학 교육을 포함한 모든 교육을 무상으로 제공하도록 노력하자.

4차 산업혁명으로 그리고 경기 침체로 일자리가 부족한 시대에 저소득 청년들에게 일정한 사회적 기본 소득을 제공하자. 이들이 사회에 나와 젊음의 끼를 맘껏 발휘하여 새로운 사업을 일으킬 수 있도록 기회를 제공하자. 이들이 더 배울 수 있도록 훈련과 공부할 수 있는 교육장을 많이 세우자.

2030 힘냅시다! 화이팅 2030!

| 책을 맺으며 |

거의 30년 동안 대학에서 신학과 인문학을 강의했다. 소위 2세대 민중신학자로서 나름 여러 권의 책을 썼다.

정년 은퇴를 하고 나서 신학적 주제를 잠시 멈추고 한국 사회의 문제를 직접 다루게 되었다.

한국 사회를 들여다보고 놀라움으로 다가온 것은 오늘날 2030 청년들이 엄청난 고통 속에 있다는 사실이다.

물론 40, 50 세대도 어려움이 있기는 마찬가지이지만, 청년들이 당면한 어려움은 산처럼 크다. 이들이 오늘의 고난 받는 민중이라고 생각한다.

그리고 한국의 앞날은 2030들에게 달려 있다. 청년 문제를 해결하는 것이 한국의 문제를 해결하는 첩경이다. 청년의 문제는 한국의 정치·경제·문화의 미래와 직결되어 있다.

마침 고교 동창인 나눔 출판사 대표가 이 주제로 책을 내자고 제안해 주어 선뜻 응하게 되었다.

이 책은 청년들의 문제를 환기해 주는 차원에서 썼다.

부족하지만 세상에 내놓는다.